Fred Vargas

Vom Sinn des Lebens, der Liebe und dem Aufräumen von Schränken

Fred Vargas ist heute die bedeutendste französische Kriminalautorin und eine Schriftstellerin von Weltrang, übersetzt in über 40 Sprachen und mit zahlreichen Literaturpreisen geehrt – sie hat mit diesem bezaubernden kleinen Buch einen einzigartigen Kontrapunkt zu ihren Krimis gesetzt, sehr persönlich, sehr witzig, hinreißend komisch, manchmal auch ein bisschen tragisch. In einer turbulenten Folge von Gedanken, Bildern, Situationen, die jedermann kennt, geht sie der Frage nach: Was ist der Sinn unseres Lebens? Wie kann ich festhalten, was mir das Liebste ist?

Bei Aufbau und AtV
liegen in Übersetzung vor:

Die schöne Diva von Saint-Jacques
Der untröstliche Witwer von Montparnasse
Es geht noch ein Zug von der Gare du Nord
Bei Einbruch der Nacht
Das Orakel von Port-Nicolas
Im Schatten des Palazzo Farnese
Fliehe weit und schnell
Der vierzehnte Stein
Vom Sinn des Lebens, der Liebe und
dem Aufräumen von Schränken
Die dritte Jungfrau
Die schwarzen Wasser der Seine
Das Zeichen des Widders
Der verbotene Ort

Fred Vargas

Vom Sinn des Lebens, der Liebe und dem Aufräumen von Schränken

Aus dem Französischen
von Christel Gersch

aufbau

Titel der Originalausgabe
Petit Traité de Toutes Vérités sur l'Existence

ISBN 978-3-351-03274-6

Aufbau ist eine Marke
der Aufbau Verlag GmbH & Co. KG

1. Auflage 2009

Einbandgestaltung
hißmann/heilmann, Hamburg
Druck und Binden
CPI – Clausen & Bosse, Leck
Printed in Germany

www.aufbau-verlag.de

Wenn ich mir an diesem Ostermontag 2001 so ein scheinbar unernstes Werk vornehme, heißt das nicht, Sie kriegen was zum Lachen. Die Hoffnung töte ich gleich im Keim. Es ist besser, glauben Sie mir.

Offen gestanden, schwebte mir zunächst vor, die Welt mit einer kleinen Aphorismensammlung zum Thema der menschlichen Existenz zu beschenken, und wenn ich »klein« sage, ist das reine Redensart: klein vom Umfang her, ja, aber der Inhalt groß und dermaßen konzentriert, daß da Seite für Seite die Flammenschrift der Wahrheit über das Sein aufgeloht wäre, also über das Leben, meine ich.

Dann fand ich, ich sollte diese Aphorismen lieber durch etwas umfassendere

Äußerungen ersetzen, denn das dumme am Aphorismus ist doch, daß man mit so einer knapp gefaßten Maxime auf dem trockenen sitzt, ohne daß einem das Wie und Warum der Dinge erklärt würde. Eine Virtuosenübung, aber enttäuschend. Also entschloß ich mich zu der idealen Mischform, einem KLEINEN RATGEBER ZU EINIGEN WAHRHEITEN UNSERES DASEINS, der hier und da in Aphorismen gipfelt. Gelassen wartete ich auf den günstigen Moment, dieses gedrängte und gehaltvolle Werk anzufangen, indem ich von überall die zu seiner Herstellung unerläßlichen Materialien zusammentrug.

Nun ist der Zeitpunkt gekommen, und das ist eine großartige Nachricht für die Welt.

Wenn ich »klein« sage, ist das wohlüberlegt, denn wir wollen ja Masse und Wert nicht verwechseln. Ein allzu umfänglicher Ratgeber ist doch nur eine mit Fleiß betriebene Verwässerung anfechtbarer Regeln und verrät die Inkompetenz des Autors auf dem Gebiet, ich meine das Leben. Dabei sind Wahrheiten über das menschliche Sein goldene Pfeile, die unmittelbar ins Schwarze zielen, und gerade ein schmaler Werkumfang bezeugt, wie gewiß der Autor seiner Sache ist und daß Verwässerungen seinem durchdringenden Geist fremd sind. Der echte Verfasser eines Ratgebers weiß um die Dinge und geht sie ohne Drumherumreden an. Etwa hundert Seiten, und die Sache ist im Kasten.

Zumal so eine wohltuende Schrift dank ihres bescheidenen Formats in jede Tasche paßt, sie kann auch, verschwiegen, wirkmächtig und entspannend, im Hosenbund, im Ärmel eines Sari, im Burnus des Beduinen verschwinden. Meldet sich unvermutet ein Zweifel in Seinsfragen, ist sie zur Stelle, in Reichweite der dankbaren Hand. Ein Blick, und das Problem ist gelöst. Unter welchen Umständen auch immer, im Bistro, in der Bibliothek, im Flugzeug, im Kanu oder auf einer Parkbank, alles Orte, wo Lebensfragen sich mit Vorliebe stellen, treten

Sie kurz seitab mit Ihrem Bändchen, und kaum daß Sie gelesen haben, sind Sie für Ihren Kasus gerüstet und sehen klar. Denn Sie bekommen hier nicht etwa einen schwerverdaulichen Text ohne Hand und Fuß angedreht, wo alles wie Kraut und Rüben durcheinandertrudelt, wie es dem Autor gerade einfällt. Das wäre ein Mangel an Barmherzigkeit, an gesundem Menschenverstand, und es wäre dem Zweck dieses Werkes strikt zuwider. Nein, klar gegliedert, verständlich, bündig und jeweils mit Lösungen, so hat ein guter Ratgeber fürs Leben zu sein.

Und am besten sollen Sie auch gleich wissen, daß dieses Werk hier etwas Endgültiges ist. Schluß mit dem Kleinklein, den unbeholfenen Versuchen, dem Stochern im Nebel. Zum Beweis dient mir, daß heutzutage niemand behaupten kann, er hätte Antworten auf die Rätsel des Lebens, der ganze Planet taumelt doch wie eh und je zwischen Panik und In-die-Irre-Rennen.

Aber wir haben jetzt 2001, und es ist höchste Zeit, daß etwas geschieht. Wir haben schon viel zu lange gezögert. Daß man seit dreißigtausend Jahren Anlauf nimmt zu einem guten Sprung, schön, das lasse ich gelten. Aber einmal kommt der Tag, wo zuviel zuviel ist und wo man den Stier bei den Hörnern packen muß. Mit dieser Metapher meine ich das Leben und seine Mysterien. Jeder neue Tag bringt ein gerüttelt Maß an unlösbaren Fragen, und wenn man das auf Monate, auf Jahre umrechnet – stellen Sie sich mal vor, welche Masse an Ungewißheiten uns da erdrückt und unserem Dasein diesen torkelnden Gang gibt, der aus Millionen unaufhörlich wiederholter Dummheiten entsteht. Wo es so einfach ist, mit einer wirklich effektiven kleinen Schrift unsere Schritte zielsicher zu lenken. Wo es so einfach ist, unseren Irrungen mit runden hundert Seiten abzuhelfen.

Ein Autor, der sich vor dieser Aufgabe drücken würde, wäre in meinen Augen, ich verhehle es nicht, ein schäbiger Egoist, der lieber mit Freunden in Bars rumsumpft, anstatt mal eine kleine Woche seiner Zeit zu opfern und der Menschheit ihre quälenden Zweifel zu nehmen. Ein elender Mistkerl, jawohl. Aber anscheinend – ein trauriges Resultat unserer individualistischen Epoche – sumpfen die Autoren lieber herum oder planschen im warmen Wasser des Indischen Ozeans, anstatt sich ein paar Tage hinter ihre Tastatur zu klemmen, was doch wohl das mindeste ist, was wir unseren bedrängten Schwestern und Brüdern schulden.

Denn soweit ich weiß, gibt es bis heute keinen aphoristischen Ratgeber, der die Probleme des Lebens endgültig klärt. Das hätte sich herumgesprochen.

Also, alle Autoren sumpfen und planschen herum, und das wirft kein gutes Licht auf die Innung. Demnach bin ich wohl die einzige, die sich der uns obliegenden Verantwortung bewußt ist, die einzige, die vor ihrem Bildschirm klebt, weil sie ihre Pflicht kennt wie der Ackergaul, der auf seinem Widerrist ein moralisches Kummet lasten fühlt (doch, ja, beim Pferd heißt es »Kummet« und beim Ochsen »Joch«, halten wir uns ab jetzt an die exakten Begriffe), die einzige, die, aufgerüttelt durch die Gleichgültigkeit der Kollegen und den erstickten Hilfeschrei der Menschheit im Ohr, nicht wankend wird auf einsamem Pfad, kurz, die als einzige den Weg beschreitet und Ihnen alles Wesentliche in die Tasten haut, was man im Leben wissen muß, um mit den vielen Rätseln fertigzuwerden, die es einem immerfort vor die Nase setzt.

Gedacht, getan, ich greife mir meinen Pilgerstab und meine Stiefel, und los geht's. Zeitlich paßt es gut, es ist Ostern, und ich habe ein paar Tage frei, an die ich bereitwillig noch ein paar Abende und ein paar Sonntage dranhänge, denn ich finde, bei einer großen Aufgabe darf man nicht kleinlich sein, die Lösung der Lebensrätsel verdient es, daß man ihr acht Tage opfert, das ist schließlich nicht die Welt. Nachher habe ich dann mein gutes Gewissen, und Sie haben Ihre Wahrheiten, damit ist immerhin etwas getan, was nicht mehr wartet. Denn wie meine Großmutter immer sagte, »was getan ist, wartet nicht mehr«, aber ich will Sie nicht mit meinen Familiengeschichten langweilen.

Ich gehöre nämlich nicht zu denen, die unter dem Vorwand von Aphorismen und rein zu ihrer narzißtischen Befriedigung Ihnen achthundert Seiten über ihren Vater hinblättern (oder über ihre Mutter, das hängt vom einzelnen ab, bei den meisten ist es eher die Mama, darüber reden wir noch, keine Sorge) und über ihr Heimatdorf. Nein, solche Nabelschau, die sich aus falsch verstandener Proust-Lektüre herleitet (auf diesen Punkt, der ja ein integrierender Bestandteil der Geheimnisse des Daseins ist, komme ich bei Gelegenheit noch zu sprechen), die liegt mir nicht.

Obwohl Sie allerdings wissen sollten,

daß ich mütterlicherseits aus einer zahlreichen Sippe normannischer Bauern stamme, ansässig in einer stolzen Gemeinde, deren Winzigkeit gleichwohl der Größe nicht entbehrt, ich meine Villiers-d'Écaudart, 110 Wahlberechtigte. Der Glockenturm der Kirche ragt majestätisch übers Land, über regensatte Wiesen bis ins Endlose, wo Kühe, Korn und Rüben gedeihen. Nein, fern sei mir der Gedanke, Sie mit meinen Familiengeschichten zu nerven, diese kleine Schrift ist auf Allgemeingültigkeit im besten Sinne bedacht, sonst könnte sie nicht der unvergleichliche Leitfaden werden, der sie für jedwedes Menschenwesen sein soll.

Aber wenn ich mich immerzu befleißige, dem Leser nicht mit meinen Familienangelegenheiten zu kommen, fallen sie womöglich ganz unter den Tisch. Und da sage ich: »Halt!« Mit dem Schwamm über Villiers-d'Écaudart zu gehen, das wäre kein guter Einstieg in dieses Werk, ja, es wäre sogar ein grundlegender Fehler. Denn daß Familienprobleme integrierender Bestandteil der Rätsel des Lebens sind, ist doch wohl nicht zuviel gesagt. Deshalb wird es manchmal unumgänglich sein, daß ich, neben anderen internationalen Orten von universeller Bedeutung, ganz diskret jene stolze Gemeinde ins Spiel bringe, die ihren alten Glockenturm über durchweichte Felder erhebt, wo es von Regenwürmern wimmelt.

Von Regenwürmern, die immerhin 70 Prozent der Fauna ausmachen, gewichtsmäßig, die Menschen eingeschlossen, und man wird zugeben müssen, daß das ein verdammter Batzen ist, der da auf der Erde lastet. Sie mögen mir entgegenhalten, daß diese krasse Statistik nichts allzu Erfreuliches enthüllt. Vielleicht, aber so ist das Leben, und ich warne Sie lieber gleich, daß diese Abhandlung mit dem Leben nicht viel Federlesens macht. Es gehört nun mal zur Größe und Stärke jedweder kleinen

Sammlung von Wahrheiten, daß sie die Mysterien des Lebens nicht mit Samthandschuhen anfaßt, sonst läuft sie fehl und versickert wie ein Bach im schimmernden Sand der normannischen Strände, doch fern sei mir der Gedanke, Sie mit der Normandie zu langweilen. Dieses Beispiel habe ich gewählt, wie ich jedes andere hätte wählen können. Und die Regenwürmer, die belasten den Planeten auch nicht mit ihrer ungeheuerlichen wirbellosen Masse, nein, sie wühlen und wühlen sich durch den Humus, bis hinunter in seine geheimsten Tiefen, ohne daß die Ärmsten überhaupt wissen, warum sie wühlen. Während wir es wissen. Aber ich schreibe hier keine Blütenlese für Regenwürmer, lassen wir also im Augenblick die stumme Frage beiseite, die ihrem ganzen selbstlosen Leben innewohnt. Selbstlos, sage ich, denn indem sie so blindlings wühlen, bohren sie Löcher, Röhren, Hohlräume, und auf diese Weise, verstehen Sie, belüften sie die Erde, die absolut unfähig ist, sich von allein zu belüften. Das klingt vielleicht etwas hart, aber es ist so. Und indem sie immer so belüften, ohne um ihren kleintierlichen Seinszweck zu wissen, ermöglichen sie das wunderbare Wachstum der Pflanzen, die von den Pflanzenfressern gefressen werden, die wiederum von den Allesfressern und den Fleischfressern gefressen werden. Und wir, wir schlucken das alles: Regenwürmer, Pflanzen, Pflanzenfresser, Allesfresser (ich denke an die Schweine), Fleischfresser und alles, was dazu gehört. Ja, die Fleischfresser auch, und vor gar nicht so ferner Zeit aßen die Gallier sogar Hunde, aber ich will Ihnen nicht noch mit anderen Völkern kommen, das Beispiel ist bereits auf Internationalität angelegt.

Den Lebenszweck der *Regenwürmer* muß man gut im Kopf behalten, zumal, es tut mir leid, darauf hinweisen zu müssen, die Würmer auch alles Tote fressen, sonst wäre die Erde nach den Hunderten von Millionen Jahren, die auf ihr schon gestorben wird, ein widerlicher Schlammpfuhl (in dieses »gestorben wird« schließe ich die Dinosaurier und andere Tierchen mit ein, die vor uns existierten, und zwar in einem ganz natürlichen Verständnis von Osmose mit der tierischen Gattung, aus der wir uns entwickelt haben, darauf komme ich noch). Der Regenwurm also, für unseren beschränkten Geist das Symbol eines ekligen Korpuskels, ist in Wahrheit die Reinlichkeit selbst und der große Allesernährer, er ist die Essenz des Weins wie auch des Calvados (ich sage Calvados, könnte aber ebensogut Sake oder Wodka sagen). Da sieht man, wie man sich täuschen kann und daß der Schein nicht die Wahrheit ist, und dies ist ein wesentlicher Sachverhalt, der hinsichtlich der Mysterien des Lebens erst einmal festgestellt werden mußte, wenn ich mit Ordnung und Methode vorgehen will.

Aus den genannten Gründen kann dieses allgemeingültige Werk die stolze Gemeinde Villiers-d'Écaudart nicht ausklammern,

Paradies der Regenwürmer und integraler Bestandteil des Planeten, symbolhaft zudem für Familiensorgen – obwohl ich Sie damit nicht belästigen will. Trotzdem müssen Sie wissen, daß zur Stunde, da ich zu Ihnen spreche, das alte Familiengehöft, das ganz aus so bescheidenen bäuerlichen Materialien wie Lehm, Holz und Stroh gebaut ist, am Westgiebel Wasser zieht und am Ostgiebel auch, was mir nicht geringe Sorgen bereitet. Am 10. April rief ich den Maurer an, und, o Wunder, er kam. Von der ziemlich quälenden Frage, ob der Maurer kommt oder nicht kommt, spreche ich noch, aber später, denn diese Schrift ist in erster Linie ihrer klaren Struktur und Logik sowie der ständigen Beweisführung für die vorgetragenen Fakten verpflichtet, ohne die eine philosophische Unternehmung nicht weit käme.

Und um diese Struktur auf feste Füße zu stellen und dieser kleinen Schrift die gebotene Allgemeingültigkeit zu verleihen, sehe ich mich genötigt, erst einmal von mir zu reden.

Denn wer bin ich, mag man doch denken, daß ich Ihnen diese kleine Sammlung von Wahrheiten vorlege? In wessen Namen bin ich dazu befugt? Und inwiefern kann, was ich zum Thema Existenz vorzutragen entschlossen bin, ohne, das sei gleich gesagt, irgendwelche Umschweife zu machen, auch für verläßlich gelten? Schließlich ist es das mindeste, daß der Leser an die Wahrhaftigkeit des Ratgebers in seinem Gürtel blindlings glauben kann, daß er sich mit geschlossenen Augen darauf verlassen kann, daß er sicher sein kann, Offenbarungen, eine so gültig wie die andere, darin zu finden. Aus reiner Sorge um den Zusammenhang also sehe ich mich gezwungen, von meiner Person und meinem Leben zu sprechen, denken Sie nicht, daß mir das Spaß macht.

Wenn etwas Sie versichern kann, daß Sie meinem Wort Glauben schenken können, so ist dies zuallererst, daß ich seit mindestens zwanzig Tagen absolut nicht gepichelt habe, also wirklich kein kleines bißchen, was mir eine eindeutige Überlegenheit gegenüber vielen meiner Kollegen verschafft, die, soviel ich weiß, ihren Text noch immer nicht angefangen haben, obwohl der doch am 22. April abzugeben ist.

Zweitens, daß ich ein paar freie Tage zu verbummeln habe (aber Zeit verbummeln heißt Zeit gewinnen, darauf komme ich noch) und daß ich heute morgen meine sämtliche liegengebliebene Post erledigt habe, was mir eine außerordentliche Konzentrationsfähigkeit garantiert, die ausschließlich diesem Werk zugute kommen wird.

Drittens, daß ich das Glück hatte, in der stolzen kleinen Gemeinde aufgewachsen zu sein, die von ihrer Höhe jene überschwemmten Fluren überschaut, und folglich von klein auf mit dem erhellenden Konzept »Regenwurm« Umgang hatte, wonach der Schein einer Sache nicht die Sache selbst ist. Darüber reden wir noch.

So blieb es nicht aus, daß ich früh die Notwendigkeit erkannte, die Kehrseite der Dinge zu erforschen, und aus diesen Forschungen die Früchte zahlloser Erkenntnisse gewann.

Viertens, daß ich aufgrund meines liebenswerten Temperaments das Glück hatte, mich sehr früh mit einer beträchtlichen Anzahl meinesgleichen zu verbünden, was mir Gelegenheit zu vielerlei Beobachtungen über den Menschen bot, vor welche Rätsel er sich gestellt sieht, welche hinkenden Lösungen er probiert, woraus ich eine Menge Wahrscheinlichkeitsschlüsse ziehen konnte, die mich geradewegs zur Rigorosität dieser Abhandlung führen sollten.

Fünftens gesellte sich zu dieser unschätzbaren Menschenkenntnis eine breite Weltkenntnis, denn seit ich flügge wurde, bin ich unablässig gereist. Über die Maßen bereicherte mich mein zahlloses Hin und Her zwischen Paris und Villiers-d'Écaudart. Desgleichen stieß ich häufig bis Bernay, Condé-sur-Noireau, Pondouilly vor und, um die südliche Richtung nicht zu vernachlässigen, bis Vierzon, Tours, Toulouse und manchmal sogar bis Nizza, das heißt, auch die mediterrane Welt ist mir nicht unbekannt, obwohl die Rübe dort kaum beheimatet ist. Nun, *jedem Boden seine Erzeugnisse* (ich komme noch drauf zurück). Einmal im Schwung, überwand ich die Alpen und verschaffte mir punktuelle Kenntnisse der italischen Halbinsel. Auch verschmähte ich nicht, wie der Wind gen Osten zu brausen, erreichte Mühlhausen und überschritt mehrmals die deutsch-französische Grenze, um auf fremder Erde, einen Steinwurf weit von dem majestätischen Strom innezuhalten, ich meine den Rhein. Die Verwegenheit trieb mich sogar, einen Blick auf die sagenhaften Quellen der Donau zu werfen, die aber schrecklich enttäuschend sind. Unverzagt klomm ich nordwärts bis nach Belgien, wo ich es tapfer drei Tage aushielt, danach im Sauseschritt Amsterdam besichtigte, wovon mir nur ein paar verschwommene Erinnerungen geblieben sind.

Doch unverwandt richtete ich meine Blicke nach dem Ozean und dem Wilden Westen, als würdige Nachfahrin der stolzen Wikinger, die ja in hohem Maße die Kunst beherrschten, bei ihren friedlichen Nachbarn ein fürchterliches Durcheinander anzurichten. So kam es, daß die Abenteuerlust meine Schritte mitunter bis nach Quimper und Umgebung lenkte. Endlich aber hielt mich nichts mehr, und ich flog angstschlotternd nach New York, der Lichterstadt, wo die Freiheitsstatue ein für allemal über meine Berufung zur universellen Denkerin entschied. Eine Woche war ich dort und dann nie wieder.

Wer wollte demnach bestreiten, daß ich durch meine Abenteuer und Heldentaten mir die reichhaltigsten Landeskenntnisse erwarb, um die mich viele beneiden. Außer den Erkundungen im grenzenlosen Kosmos von Villiers-d'Écaudart bilden sie den ehernen Sockel meiner jetzigen Unternehmung.

Diese Tatsachen allein sollten wirklich genügen, Ihnen jeglichen Zweifel zu nehmen. Die Autorin kennt das Leben. Hinzufügen möchte ich dennoch, daß mir zum Glück ein außergewöhnlicher Charakter zuteil wurde, geschmiedet aus demselben Metall wie die Schwerter meiner Vorfahren, dieser Unruhestifter von Wikingern, meine ich. Nichts hält mich auf, nichts schreckt mich, außer, und das ist zutiefst menschlich, so verstörende Objekte wie Hunde, Kühe, Skier, Flugzeuge, Nachtfalter, Berge, das Meer und andere Kleinigkeiten. Diesem ziemlich seltenen Charakter verdanke ich das Glück, den Geist der Literatur mit dem Geist der Wissenschaften zu verbinden, die hier höchst nützlich sein werden, mit dem Sinn für das Aufräumen von Schränken und das Wegputzen von Krümeln, einer ungewöhnlichen Kenntnis der menschlichen Seele, in der ich lese wie in einem offenen Buch, sei diese Seele nun Bantu oder aus Villiers-d'Écaudart, sowie einer herausragenden Merkfähigkeit. Nehmen Sie zu alledem ein heiteres, beredsames und für alle Welt aufgeschlossenes Naturell, wenngleich schnell in gerechtem Zorn gegen jeden entbrannt, der mir zu widersprechen wagt. Nicht zu vergessen eine vollendete Kontrolle meiner Gefühle und Worte, eine ruhige Gefaßtheit angesichts von Gegnerschaft, einen hochentwickelten praktischen Sinn, der mir nützliche Einblicke in die Feldarbeiten einbrachte wie Pflügen, Säen, Dreschen und Rübenverziehen, sodann einen auf Logik erpichten Geist, eine seltene Enthaltsamkeit und Willensstärke, eine unverbrauchte Arbeitskraft, eine überdurchschnittliche Neigung zu Meditation und Abstraktion.

Halten wir fest, daß die menschliche Seele, ob Bantu oder vom Gehöft Desmonchel (Villiers-d'Écaudart, Haute-Normandie), überall die gleiche ist, was hoffentlich jeder weiß, es erspart uns nämlich viel Zeit, und Energiesparen ist, wie sich zeigen wird, das Zauberwort dieses Büchleins. Zweifellos waren meine zahlreichen Wanderungen und Fahrten zur Festigung meiner Kenntnisse notwendig, denn alles hier soll ja auf absoluter Wahrheit beruhen, aber natürlich wäre diesem Opus von universeller Tragweite auch schon mit der Beobachtung des pulsierenden Lebens in Villiers-d'Écaudart und auf der Avenue du Général Leclerc (Paris, 14. Arrondissement) hinreichend gedient gewesen.

Beiläufig bemerkt (keine Sorge, ich verliere den Bau des Werkes nicht aus dem Auge), es stört mich ein bißchen, mich andauernd an dieses anonyme »Sie« zu wenden. Dieses »bedenken Sie«, »wissen Sie« nervt allmählich, Sie doch ebenso wie mich. Diese ewigen Floskeln haben etwas zugleich Gelehrtes, Förmliches und Körperloses, das einem mittlerweile ernstlich auf den Docht geht. Nun muß eine Sammlung von Wahrheiten sich aber hüten, ihrem Leser wie ihrem Autor auf den Docht zu gehen. Es wird also unumgänglich, daß ich den Leser künftig duze, aus ganz natürlicher Sympathie, indem ich mich einfach an »meinen kleinen Sohn« oder an »meine Schwester« wende, alles vertraute Anreden, die dem Text ein bißchen Körperwärme geben. Man möge sich daran nicht stoßen. Solche liebenswürdigen Wendungen sind unmittelbarer Ausdruck meines Einsseins mit der Menschheit. Natürlich, das versteht sich von selbst, wird sich »mein kleiner Sohn«, »mein Junge« oder »mein Großer« besonders an meinen Sohn richten und »meine Schwester« an meine Schwester und »Mama« an Mama, denn ich halte es für meine Pflicht, vornehmlich sie anzusprechen, um ihnen einige höchst willkommene Ratschläge fürs Leben zu erteilen, obwohl meine Mutter, die ihr ganz eigenes Genie hat, sie kaum benötigt, die Fragen des Lebens haben ihr nie das Leben vergällt, womit sie einen in der Welt einmaligen Fall darstellt. Es wird auch vorkommen, daß ich meinen Bruder anspreche und meine drei Neffen, aber ich will euch nicht mit meinen

Familiengeschichten langweilen. Die vertraulichen Anreden sollen die universelle Tragweite dieser Abhandlung nicht etwa einschränken.

Bei der Gelegenheit und nur nebenbei gesagt, aber keine Bange, ich verliere meinen Faden nicht, hat meine Zwillingsschwester ihr ganz eigenes Genie, das mich blaß macht vor Neid. Damit wäre sie durchaus in der Lage, Ihnen dieses Bändchen voller Wahrheiten herunterzutippen, während ich mich in der Tundra unterm ersten Frühlingslicht herumtreiben könnte. Ganz freiwillig würde ich ihr mein Tastenpult überlassen. Aber leider hat meine Schwester sich vor langer Zeit für die Malerei entschieden, bei der es nicht ohne ärgerliche Vernachlässigungen der Struktur abgeht. Und so einem Text hier, wie ich weiter oben schon sagte – und man sieht, daß ich meinen Faden nicht aus den Augen lasse –, muß nun mal ein makelloser Bau zugrunde liegen. Keine Struktur, keine Abhandlung. Abschweifungen, Umständlichkeiten, belangloses Geschwätz, wie sie von ebenso talentierten wie der Menschheit unnützen Schriftstellern gepflegt werden, sind der Tod jeden Ratgebers in Sachen Wahrheit. Klar aufgebaut, gegliedert, unermüdlich Kettfaden und Schußfaden gekreuzt, das ist das Geheimnis des guten Ratgebers. Nun, zur Stunde, da ich mich an euch wende, das heißt in tiefer Nacht, denn der Verfasser einer Schrift über das menschliche Dasein kennt keinen Schlaf, hockt ebendiese meine Zwillingsschwester wahrscheinlich in ihrem Stammcafé mit ihren Freunden und ihrem Glas. Ja, mein kleiner Sohn, ich rede von deiner Tante. Und wenn ich mich einmal nicht an euch wende, dann malt sie, zu Tageszeiten, die den Sitten der Gesellschaft Hohn sprechen. Ja, mein Junge, du bist groß genug, um zu wissen, daß Künstler, und somit auch deine Tante, ein Leben führen, das der Gesellschaft ins Gesicht hinein spottet. Darum, so groß der Genius meiner Schwester auch sei, fürchte ich, daß ich sie nicht vor den Karren der aphoristischen Pflicht spannen kann und, so wie der Ackergaul unter seinem Kummet, meine wahrhaft beängstigende Bürde ganz allein tragen muß. Denn, aber das ist eine Kleinigkeit für den Autor einer Schrift über die Rätsel des Daseins, ich gerate leicht in Unruhe, wenn meine Schwester nicht über all mein Tun und Lassen informiert ist. Es handelt sich da um eine kleine Störung, nichts Ernstes, denn daß man den täglichen Anruf braucht, muß noch nicht auf eine Neurose im eigentlichen Sinne hindeuten, aber lassen wir meinen Familienkram. Nein, mein Kleiner, deine Tante hat nicht, wie versprochen, um acht Uhr angerufen, und ich frage mich, was sie sich dabei denkt.

Nebenbei bemerkt, ist es tausendmal leichter (und wenn ich »tausend« sage, habe ich nachgezählt, ich warte hier nicht mit beliebigen Ziffern auf), einen Schlüssel aus dem Schlüsselring zu lösen, als ihn wieder einzufädeln, das kostet mindestens fünfundzwanzig Minuten Schwerstarbeit mit Hilfe eines Schraubenziehers. Ebenso ist es viel leichter, einen Teller im Zorn zu zerschlagen, als einen herzustellen. Man muß seinen Ton und gewisse kalkhaltige Zusätze gut mischen, muß den Teller auf der Scheibe drehen, dann in den Ofen schieben zum Schrühbrand, ihn herausholen, in die Glasur tauchen, bei langsam gesteigerter Hitze brennen und auf der Stellage auskühlen lassen. Woraus klar hervorgeht, daß *Kaputtmachen leichter ist als Herstellen*, und auf diese Tatsache kommen wir zurück, bestimmt, ich verliere meinen Faden nicht. Wobei mir sehr wohl bewußt ist, daß viele Leser sich von diesem Ratgeber nun endlich Antworten auf die fundamentalen Fragen der *Liebe* erwarten und wie man es anstellt, daß sie nicht zum Teufel geht. Ich weiß. Vertraut mir blind. Ich komme noch drauf, und ohne alle Umschweife, ja, mein Junge, du kannst ruhig zuhören und dir deine Scheibe abschneiden. Die Liebesfrage habe ich mehr als studiert, vor mir liegen über zweitausendvierhundertzwanzig Seiten (Achtung, wenn ich 2420 sage, schmeiße ich nicht einfach so mit Zahlen um mich) an Aufzeichnungen und Tabellen samt typischen Abweichungen und Wahrscheinlichkeitsmustern, wie ich sie an allen Ecken und Enden des Globus, von der Elfenbeinküste bis zur stolzen Gemeinde Villiers-d'Écaudart, beobachtet habe (über die ich euch bei Gelegenheit doch mal was erzählen muß) und auch, keine Frage, in Paris, der Lichterstadt und Weltmetropole.

Da sage noch einer, das Thema Liebe, das den harten Kern meiner Abhandlung bildet, hätte Geheimnisse für mich. Mit diesem Ratgeber hier wird das vertrackte Ding Liebe ein Kinderspiel. Wobei ich mich nicht über Gebühr bei der Frage aufhalten werde, *Wie man sie verpatzt*, das hat jedermann schon mehr oder weniger aus eigenen Mitteln hingekriegt, so rudimentär sie auch seien. Dafür wird euch dieser Führer bei unvergleichlich schwierigeren Themen eine unschätzbare Hilfe sein, die überdies sehr unwahrscheinliche Erfolgschancen haben, nämlich *Wie vermeidet man, daß sie zum Teufel geht, Wie erreicht man, von dem geliebten Wesen geliebt zu werden* und *Wie erhält man die Liebe.* Ich bin als Frau der Situation voll gewachsen. Meine Beobachtungen liegen vor, meine Schlußfolgerungen sind unanfechtbar, jeder Situation ihre Antwort, jedem Hindernis seine Abhilfe. Darauf könnt ihr bauen, und natürlich reden wir noch darüber. Der Fall des Schlüssels am Ring, scheinbar ohne Zusammenhang mit der Liebe, ist es eben nur dem Anschein nach (man erinnere sich an die erste Regel über den Regenwurm). Denn wie in allen Dingen ist es auch in der Liebe viel leichter kaputtzumachen, als herzustellen. Ihr seht, ich verliere meinen Faden nicht und habe die Gliederung im Blick, die diesem Werk diskret, aber gebieterisch seine Ordnung verleiht. Also, von der Liebe rede ich noch, ihr werdet dieses Buch zuklappen können mit Rezepten in der Hand und sicher für eure Geschichte gewappnet, das dürft ihr mir glauben, ich werfe nicht mit Worten um mich, ich habe Besseres zu tun, als zu schwafeln. Aber da es sich um die Liebe handelt, drängelt auch nicht. Drängeln schadet der Struktur, jedes zu seiner Zeit. Man kann das Thema nicht so mir nichts, dir nichts mit einem Handstreich einführen, nein, mein Junge, was du bloß denkst. Nein, deine Tante hat immer noch nicht angerufen, aber keine Sorge, sie wird sich schon melden. Und nebenbei bemerkt, aber beunruhigt euch nicht, ich behalte meinen Faden im Auge, der Mann meines Lebens hat auch nicht angerufen, und das seit 47 Tagen (und wenn ich 47 sage, ist das keine aus der Luft gegriffene Zahl). Trotzdem, es braucht mehr als das, um die Autorin dieses Essays über das Leben und die Lösungen seiner faszinierenden Geheimnisse aus der Bahn zu werfen.

Ich weiß, daß der Leser sich von diesem Bändchen nicht nur Antworten auf all die verflixten Probleme erwartet, die ihm die

Liebe stellt, sondern auch, daß das zentrale Thema, die Suche nach der Wahrheit des Lebens, behandelt wird, ich meine die Philosophie.

Daß man dreißigtausend Jahre vergeblich nach der Wahrheit gesucht hat, schön, das bestreite ich nicht, ich bin ja nicht so. Aber es kommt ein Tag, wo zuviel zuviel ist und wo ich sage: »Halt!« Nun wird es höchste Zeit, diese Wahrheit über das menschliche Sein aus ihrem Ganggestein zu schlagen. Erst vor wenigen Tagen hörte ich, wie ein Freund und Philosoph nach schlüssigen Beweisen für die Aussage suchte: »Ich sitze.« Himmel! Nach sieben Stunden Diskussion war mein Freund, der alles andere als ein Idiot ist, noch immer nicht in der Lage, besagte Aussage überzeugend zu belegen. Das ließ mir keine Ruhe, ich geb's zu. Und sicherlich war es dieses Fiasko, das mich unter anderem dazu bewog, mein Werk in Angriff zu nehmen. Diese schlüssigen Beweise für die Wahrheiten des Lebens werde ich euch liefern, seid unbesorgt. Verlaßt euch drauf, ich werde sie euch mit der Spitzhacke herausschlagen und diese ganze Suche ein für allemal beenden, die man viel zu lange hat schleifen lassen und die den eigentlichen Kern dieses Opus bildet. Und einmal im Besitz der wahrhaftigen Wahrheiten des Lebens, geht es dann in gerader Linie weiter zur Metaphysik, ich meine zum Sinn des Lebens, mit dessen Definition man schon allzu lange auf der Stelle getreten ist. Schon Sokrates, und man sieht, ich rede nicht vom erstbesten Schafskopf, wie ihr und ich es sind, Sokrates also kam unterm Ansturm der Fragen ohne Antworten (denn der Mensch ist immer fix bei der Hand, sich Fragen zu stellen, aber sobald es darauf zu antworten gilt, ist keiner zu Hause), schon Sokrates also kam da nicht weiter. Und man weiß, wie das geendet hat. Böse hat es geendet. Das ist eben gar nichts Neues. Nietzsche hat ja den löblichen Versuch unternommen, alles zu zerstören, um alles neu zu machen, und uns dringlich einzureden, der Mensch könne sich das Leben durch die Kunst neu erfinden und sich derweise mit eigenen Händen sein persönliches Instrumentarium vom Sinn des Lebens erschaffen, um des Glückes teilhaftig zu werden, aber da sage ich: »Halt!« Denn dies hier ist eine Schrift von universeller Bedeutung, und nicht jeder kann doch ein Künstler sein, das zum ersten. Es geht einfach nicht, daß einige im stillen Kämmerlein sich ihren persönlichen kleinen Lebenssinn zurechtbasteln, ohne daß die anderen davon profitieren dürfen. Künstlerische Esoterik ist nicht jedermanns Sache. Als Beispiel nehme ich nur mal die Bilder meiner Zwillingsschwester, die gewiß von einem ganz eigenen Genie zeugen, das mich blaß macht vor Neid, aber trotzdem offenbaren sie den Sinn des Lebens nicht direkt, das wäre auch zu schön. Und ich glaube, ich gehe nicht zu weit, wenn ich hinzusetze, daß sie ihn ihr selbst nicht offenbaren. Das wüßte ich, denn meine Schwester sagt mir alles. Außerdem betrifft der Nietzschesche Vorschlag, den nicht mal jeder richtig verstanden haben dürfte, ja nur die Übermenschen, die schon wissen werden, wie sie sich damit herumschlagen. Um die aber geht es in dieser allgemeingültigen Schrift nicht. Aufgeklärt werden soll die ganze Menschheit, nicht mehr, nicht weniger, und gegen Übermenschen habe ich eine Abneigung, denn sobald die einen Helm auf dem Kopf und ein automatisches Maschinengewehr in der Hand haben, mischen sie sich ein bißchen brutal in die Angelegenheiten anderer ein, obwohl keiner nach ihnen geklingelt hat. Und da sage ich strikt: »Nein!« Denn dieses kleine Opus dient ganz entschieden dem Geist der Verständigung und des friedlichen Auskommens unter allen Wesen des Erdballs, und da schließe ich sämtliche Texaner mit ein, was ja wohl von meinem guten Willen zeugt. Ohne also Nietzsche abzusprechen, daß er sich sehr bemüht hat, sich am eigenen Schopf aus dem Sumpf zu ziehen, sage ich: Schluß mit solcher Lektüre, kehren wir lieber zu unserer kleinen Schrift zurück, klein vom Umfang her, aber groß im Inhalt. Groß, weil gut gebaut, verständlich, umfassend und von allgemeiner Gültigkeit. Den Sinn des Lebens werde ich ohne Umschweife erklären und, verlaßt euch drauf, auch ohne jede Haarspalterei. Damit könnt ihr angesichts eurer Lebensprobleme gut und gerne bestehen, ob es sich um Kleinigkeiten handelt oder um das zentrale Thema, die Liebe, die Kernfrage der Philosophie allerdings nicht zu vergessen.

Wieso, mag man fragen, dieser ein wenig saloppe, unernste Ton für ein Buch der Wahrheiten über das Leben? Ist das angemessen? Erfordert eine solche Abhandlung nicht eine gehobenere Sprache? Ja, auch mehr Ernsthaftigkeit, da es doch schließlich um die Menschheit, von der Tundra bis zur Wüste Nefud, geht? Ich will euch die Kritik nicht verbieten, aber bevor ihr euch aufspult, müßt ihr wissen, daß ich die Frage reiflich erwogen habe. Den lockeren Ton habe ich mit voller Absicht gewählt. In heutigen Zeiten (wir kommen auf diesen in Liebesdingen nicht unwichtigen Zeitfaktor noch zurück) unterschätzt man die eminente Bedeutung des spielerischen, zerstreuenden Tons. Blaise Pascal, der uns beinahe eine Aphorismensammlung hinterlassen hätte, war über diesen Stein des Anstoßes, die Zerstreuung, leider im Irrtum. Er liebte sie nicht, um es kurz zu fassen, aber das ist seine Sache. Auch wenn Zerstreuung als die flüchtigste menschliche Beschäftigung gilt, ist sie es eben nur dem trügerischen Anschein nach, man denke an den Regenwurm, nein, ich verliere meinen Faden nicht. Denn wie soll der Mensch, ohne daß man ihn zerstreut, die schwierigsten Aphorismen schlucken? Sein Geist sträubt sich, vor jeder Schwierigkeit bäumt er sich auf, hinzu kommt seine Faulheit, die jede Anstrengung zunichte macht, und das Buch bleibt liegen. Seht euch Nietzsche an. Ergebnis ist, daß infolge dieser allzu menschlichen Trägheit die größten Werke ungelesen bleiben. Was sehr schade ist, ganz besonders für diese kleine Schrift, die der Mensch, ohne sich dessen noch recht bewußt zu sein, bitter nötig hat. Es ist nun mal ein ausgesprochen schwieriges Unterfangen, dem menschlichen Verstande etwas Ernsthaftes und Bedeutsames einzutrichtern, und dabei hilft einem der Schraubenzieher, der aus der Schlüsselgeschichte, meine ich, keineswegs. Nein, da muß man mit der Zerstreuung operieren, fein und maßvoll dosiert. Zerstreue den Menschen, und er kapiert ohne weiteres die schwersten Sachen. Genau darauf arbeite ich hin, beharrlich wie der Ackergaul, der unterm Kummet wacker seine einsamen Furchen zieht. Indem ich mir schlau die Zerstreuung zunutze mache, wende ich eine Regel an, die ich von einem Freund habe, Commandant der Gendarmerie, aber trotzdem nett und pfiffig, wie eben der Schein täuschen kann, ich halte meinen Faden in der Hand. Eine Regel, die sich in die Worte fassen läßt: *Kleine Listen, große Resultate*. Und ich rate euch, dieser Regel große Aufmerksamkeit zu schenken, denn darauf kommen wir bestimmt bei dem verflixten Liebesproblem zurück, das wir angehen wollen, ohne uns zu überstürzen. Zuviel Eile schadet.

Ich nehme an, die Existenz von Kapuzenjacken ist für niemanden ein Geheimnis. Ich meine diese Kapuzen, die sich zusammenknautschen und im Kragen verstecken lassen oder die man an Regentagen frei flatternd trägt. Sagen wir, um genau zu sein, daß es sich um eine Kapuze handelt, die, einer Schnecke gleich, aus ihrem Gehäuse kommen und auch wieder drin verschwinden kann. Schön. Und gut merken. Sobald sich dauerhaft trockenes Wetter ankündigt, wird jeder normal veranlagte Mensch (ich rede hier nicht von meiner Zwillingsschwester, die eine solche Kapuze aus mir unerfindlichen ästhetischen Gründen nicht besitzt) die Kapuze in ihr Gehäuse stecken. Und das darf man nicht. Mit seiner weggesteckten Kapuze entfesselt man bei den ersten Schritten in der Aprilsonne einen Wolkenbruch. Man zieht die Kapuze hervor, die Sonne kehrt wieder. Man steckt die Kapuze weg, schon regnet es von neuem. Und so weiter, ich will den Vorgang nicht in Realzeit schildern, ich raffe. Woraus folgt, daß die Einwirkung des Menschen auf die Kapuze direkt eine Klimaveränderung herbeiführt, und zwar eine seiner Voraussicht entgegengesetzte. Wer keine Kapuze besitzt, macht die gleiche Erfahrung mit dem Regenschirm. Das ist eine anerkannte Tatsache. Diese Erfahrung gilt weder für diejenigen, die ständig mit einem Regenschirm herumlaufen, ein abnormes Verhalten, das allerdings ziemlich selten vorkommt, noch für jene, die ohne Regenschirm leben wie meine Zwillingsschwester, aber ich will euch nicht mit meinen Familiensorgen langweilen. Ich folge meinem Faden, und wie mein Leser ja sicher bemerkt, lenke ich ihn auf diesem Umweg unauffällig, indem ich ihn mit schlichten Beispielen aus dem täglichen Leben zerstreue, zum Begriff des objektiven Zufalls hin. Ob Vorsicht oder Nachlässigkeit, beide Haltungen des Menschen beeinflussen objektiv, auf eine der Erwartung gegenläufige Weise, das Auftreten von Ereignissen. Ja, mein Junge, so ist das. Was man erwartet hat, tritt nicht ein, und was man nicht erwartet hat, tritt ein. Ich rede hier von jenen leichtfertigen Erwartungen, denen kein tiefes Nachdenken vorausgeht, die der Mensch eben in seiner ihm eigenen Unbekümmertheit und Faulheit hegt. Das rührt bereits an das Hauptthema dieser Abhandlung, die Liebe, die ich bestimmt nicht vergessen werde, aber es ist zwecklos und sogar unheilvoll, wenn ihr drängelt. Alles kommt einmal für den, der warten kann, Geduld, mein Junge. Dieser Kapuzeneffekt führt uns nämlich über einen Umweg zu einer philosophischen Frage, und die behandeln wir zu gegebener Zeit.

Unüberlegte Voraussicht also ärgert den Himmel und bewirkt das Gegenteil des Erwarteten. Das ist die Strafe derer, die sich erdreisten, mit Gewißheit zwei Tage trockenes Wetter vorauszusehen. Denn Gewißheit schöpft man nicht mit der Suppenkelle, denkt das ja nicht. Gewißheit schöpft man, indem man diesen Ratgeber liest. Ich, die ich unentwegt die Welt von Belgien bis Toulouse durchstreift habe, kann euch versichern, daß nur jahrzehntelange Studien Tausender von Individuen einen berechtigen, das Gebäude der Gewißheit mit dem Senklot zu errichten, ein Gebäude, das ich euch heute, während meine eigene Schwester in der Lichterstadt von Café zu Café zieht, jawohl, mein Junge, fix und fertig vorweisen kann. Daher, und meiner ungewöhnlich reichen Erfahrung ungeachtet, erlöse ich euch am besten erst mal von dieser verdammten Kapuze, deren unbesonnene Handhabung den Zorn des Himmels entfesseln kann, damit ihr euch brav und vertrauensvoll wieder diesem Buch zuwendet. Und da ich mir diese ganze Arbeit nun mal gemacht habe, braucht kein anderer sie sich mehr aufzubuckeln, denn Energiesparen ist das Zauberwort des Lebens, darauf komme ich noch, sei getrost, mein Junge.

Ausgehend von der Wirkung unserer Handlungen auf das Eintreten oder Nichteintreten der Dinge des Lebens, mache ich darauf aufmerksam, daß nicht nur unüberlegte Voraussicht oftmals bestraft wird, sondern ebenso auch *angestrengtes Warten*. Immer wenn der Mensch in seinem kindlichen Gemüt sich einbildet, sein Lauern auf die Zukunft werde die Zukunft anbrechen lassen, unterliegt er, das will ich schonungslos sagen, einem Irrtum. So geht es mit dem Bus, um ein international bekanntes Beispiel zu nehmen. Man kann der größeren Allgemeingültigkeit wegen den Bus auch durch die Metrolinie 4 ersetzen, das kommt aufs selbe heraus. Nach vier Minuten Wartezeit, der Frist maximaler Geduld, die ein normal veranlagtes Wesen erträgt, egal, welches Ereignis erwartet wird (ich rede hier nicht von meiner Schwester, die ein ganz einmaliger Fall ist, weil sie das Warten liebt und gar nicht wünscht, daß das Ereignis eintritt, ja, mein Junge, so ist das, so ist deine Tante, aber ich will euch nicht mit meinen Familiensorgen langweilen), nach vier Minuten öden Wartens starrt der Verkehrsteilnehmer voll stummen Ingrimms die Straße, den Boulevard, die Schienen, die Piste entlang in der Hoffnung, das Fahrzeug zu erspähen. Er starrt, und durch diese übermäßige Wachsamkeit glaubt er, das Ereignis tatsächlich herbeizuführen.

Das ist ein fataler Fehler. Je mehr ihr starrt, desto länger trödelt der Bus (die Metro, der Einbaum, das Dampfschiff). Exzessives Starren kann den Verkehr sogar vollständig zum Erliegen bringen. Und warum? Weil starren überwachen heißt, überwachen heißt warten, warten heißt sich unterwerfen, und sich unterwerfen heißt sich zum Sklaven machen, genau, mein Sohn. Und weder der Bus, mußt du wissen, noch der Einbaum, noch die Eisenbahn lieben es, sich dem Flehen eines Wesens zu fügen, das ihnen plötzlich die Verantwortung für sein Glück aufhalsen will. Sie verdrücken sich, und das ist ihr gutes Recht. Gehorchen, an die Haltestelle kommen bedeutet für den Bus, das größte Risiko einzugehen, weil er dem Flehen, das auf seinem Kummet lastet, seine Freiheit opfern müßte. Das sklavische Warten des Reisenden kann durch Wechselwirkung zur Versklavung selbst des Busses führen. Woraus klar hervorgeht, daß das Prinzip Warten die augenblickliche Blockierung des Fahrzeugs als natürlichen Überlebensreflex auslöst. Hingegen schließt die Augen, laßt locker, und der Bus kommt.

Aber aufgepaßt, ich warne euch, der Bus ist kein Blödmann, das muß man vor dem Spiel wissen: *Falsches Lockerlassen*, so versuchungsweise, wird genauso bemerkt wie *echtes Warten* und funktioniert nicht. Daher die Losung: *Armselige Listen, dürftige Resultate*. Es geht also nicht darum, das Lokkerlassen vorzutäuschen, sondern im Verlauf der Wartezeit eine intensive Meditationsübung auszuführen, die echte Entspannung zur Folge hat. Dank dieser durch jahrelange Praxis gewonnenen List könnt ihr sicher sein, ohne größere Sorgen zu reisen.

Das Beispiel rührt natürlich an unser zentrales Thema, die Liebe, wie auch an die Philosophie, die ich alle beide behandeln werde, aber drängelt nicht, ein jegliches hat seine Zeit. Erinnert mich vielmehr daran, daß ich euch von den Ameisen erzähle, die zwar mit den Regenwürmern nichts gemein haben, aber ein ziemlich heißes Thema innerhalb meiner verschiedenen Studien sind, ohne daß dies gleich auf eine Neurose hindeuten muß, keine Sorge. Dieses *Prinzip Warten*, das ich an dem universellen Kasus Bus abgehandelt habe, ist auf alle Dinge des Lebens übertragbar, ausnahmslos. Ja, mein Junge, das ist die Wahrheit, du kannst mir glauben, deine Mutter kennt das Leben, und nicht zu knapp. Es ist übertragbar auf die grüne Ampel, die rote Ampel, auf die Öffnung der Geschäfte, aufs Erscheinen des Postboten, aufs Telefonklingeln, aufs Trampen, auf das Wachstum der Pflanzen, auf ein nahendes Gewitter, auf das Funktionieren des Computers, das Angelusläuten, die Frühstückspause, auf den Monsun, die Hochwasser des Nils, den Tagesanbruch e tutti quanti, alles Ereignisse, die durch das Prinzip Warten unabänderlich blockiert werden können. Ein Warten, hinter dem die verderbliche *Ungeduld* lauert und das durch ebendieses Phänomen Katastrophen weltweiten oder auch persönlichen Ausmaßes heraufbeschwören kann. Nein, mein Großer, deine Tante hat immer noch nicht angerufen, ich frage mich, was sie bloß macht. Infolgedessen ist das Prinzip der Busblockade auch auf das menschliche Wesen übertragbar, und damit rühren wir an das Hauptthema dieses Ratgebers, ich sagte, die Liebe, aber überstürzen wir nichts, Gedrängel schadet dem Bau, den ich, beiläufig gesagt, keine Sekunde aus den Augen verliere.

Ich könnte, da wir schon einmal dabei sind, euch angesichts der universellen Tragweite, die uns in ihrem Strom fortreißt, jetzt eine Minute von meinem Bruder erzählen, der geradezu ein Musterbeispiel an verschwenderischem Ungestüm ist, aber rein formal, ohne alle Ungeduld, was ihn zu einem völlig einzigartigen Fall insofern macht, als mein Bruder die Art Typ ist, der die ganzen zehn Minuten hindurch, die er auf den Einbaum warten muß, tobt, in seinem Tobefieber aber den Moment nicht mitkriegt, wo der Einbaum dann in der Wirklichkeit erscheint. Woraus folgt, daß es ein Ungestüm gibt, das nicht ursächlich dem Warten auf ein Ereignis entspringt, sondern das sich selbst genügt, als ein Lebensprinzip. Wenn ich euch schildern würde, wie sich das konkret ausnimmt im Leben, würdet ihr ganz schön staunen, aber ich will euch nicht mit meinem Familienkram belästigen. Wie meine Schwester besitzt auch mein Bruder ein besonderes Genie, das keineswegs zu unterschätzen ist, weshalb man es hier mit einem außergewöhnlichen Wurf Kinder zu tun hat, würdigen Erben jenes Volks von Unruhestiftern, der erwähnten Wikinger. Blindlings hätte ich ihm die Abfassung dieses kleinen Opus über die Rätsel des Seins überlassen und abhauen können, um mich in den Fluren der pakistanischen Tundra zu ergehen, einmal ist keinmal. Aber ach! Auf Grund besagten Ungestüms, das ihn unablässig übermannt und das seine Größe ausmacht und sein Dilemma, hält mein großer Bruder es mit seinem Hintern nicht auf einem Arbeitsstuhl aus, ohne daß er gleich das Bedürfnis verspürt, die Sache mit beispielloser Exaltiertheit zu kommentieren. Mag diese Glut den männlichen Saft auch zu höchster schäumender Aktivität treiben, so schadet sie doch beträchtlich, wo Sitzfleisch erforderlich ist, um ein reiflich durchdachtes Gebäude von Wahrheiten über das menschliche Sein zu errichten. Ja, mein Junge, so ist dein Onkel, ich will es dir nicht verhehlen, aber ich will euch nicht mit meinem Familienärger nerven. So stehe ich denn, wenn auch durch die moralische Unterstützung stark ermutigt, mit der meine Geschwister nicht geizen, allein auf weiter Flur und setze, in meine Aufgabe gespannt wie der Ackergaul in sein Kummet, tapfer einen Fuß vor den anderen auf dem Weg der Pflicht. Obwohl auch mein Bruder und meine Schwester ein großes Pflichtgefühl haben, weil sie genau wie ich von Mama erzogen wurden, bei der eine zu leistende Arbeit geleistet werden muß, eine zu ergreifende Chance ergriffen werden muß und man bis 37,5 Grad Temperatur gefälligst am Ball zu bleiben hat. Darüber hinaus ist ein gewisses Erschlaffen vorübergehend erlaubt. Ich könnte euch lange von Mama erzählen, welches besondere Genie sie besitzt und wie universell vorbildlich sie zu warten versteht, doch ich will euch nicht mit meinen Familiensorgen belästigen.

Erinnert mich bitte daran, euch ein Wort über die Ameisen zu sagen, aber das hat nichts mit meiner Mutter oder meinem

Bruder oder meiner Schwester zu tun, und denkt ja nicht, ich verlöre meinen Faden, den habe ich wirklich fest im Griff. Gerüst, Struktur, Erfahrung und Geduld sind die Nährmütter einer Sammlung von Lebenswahrheiten, die diesen Namen verdient. Und glaubt mir, ich werde keinerlei Haare spalten. Wo die Wahrheit befiehlt, verstummt alle Kleinlichkeit, zumal ich nicht viel Zeit habe, ganze acht Tage, da kann man nicht groß herumeiern.

Ich nehme mein Thema direkt wieder auf, obwohl ich die Nacht kein Auge zugetan, sondern mein Kummet geschleppt habe auf einsamer Bahn, Pflicht verpflichtet. Wenn ich von acht Tagen Arbeit spreche, handelt es sich selbstverständlich um Tage *und* Nächte, Ruhe gönne ich mir erst, wenn dieses Werk beendet sein wird. Fürchtet nicht, daß dieser freiwillige Schlafverzicht die Schärfe meiner Reflexionen in irgendeiner Weise trüben und mich unbewußt auf die katastrophalen Abwege der Schwafelei und gedanklichen Verirrung führen könnte, Auswirkung einer Schlafmangelvergiftung, so wie der Mensch in der Wüste sich vergiftet, indem er seinen eigenen Urin trinkt. Nein. Nicht bei mir. Ich habe mein Unbewußtes völlig unter Kontrolle. Daran habe ich kein großes Verdienst, da ich zum Glück ohne irgendein Unbewußtes geboren wurde. Auf dieser Welt geschieht nichts, das darf ich ohne Scham bekennen, das ich nicht sofort zu kontrollieren und in seiner gesamten Komplexität zu meistern verstünde. Unbewußtes, Unterbewußtsein, Blackouts, Überraschungseffekte, all das kenne ich nicht. Übrigens, ebenso wie ich kein Unbewußtes habe, habe ich ausnahmsweise auch kein Unterbewußtsein und werde demzufolge nicht von dunkel schweifenden Gedanken gestört, die die strenge Logik meines Verstandes durcheinanderwirbeln könnten. Unbesonnenheiten, Fehlreaktionen, Tritte in Fettnäpfchen, grundlose Heulausbrüche sind nicht meine Sache, und ebendiese stille Abgeklärtheit erlaubt es mir, mein Werk in aller Ruhe zu verfassen, indem ich unverrückt meinem Faden folge und ihn nie aus dem Auge lasse. Über die Maßen wach also komme ich zu meinem Lieblingsthema, und das ist der König der Tiere, der Löwe, wie gleichfalls der Elefant, erinnert mich, daß ich euch bei Gelegenheit ein Wort dazu sage.

Ich hatte, ihr ahnt es, im Lauf meines zwischen Abenteuern und Schrecken hin und her gerissenen Lebens mancherlei Gelegenheit, den Löwen zu beobachten, wie er auf den regensatten Weiden des Plateaus von Écaudart (Haute-Normandie) majestätisch hingestreckt lag. Nebenbei bemerkt, verbrachte ich diese langen Stunden der Beobachtung, die ich in der feuchten Steppe der Rübenfelder auf dem Bauch lag, ohne Furcht vor Kälte noch vor dem Löwen, denn Angst ist mir fremd. Laßt euch aber niemals auf so etwas ein, wenn ihr nicht selber mit eisernem Mut gewappnet seid, und vergeßt nicht, euch gegen den Wind zu plazieren, kleine Listen, große Resultate, damit der Löwe nicht den geradezu ekelhaften Menschengeruch wittert. Denn für einen Löwen stinkt der Mensch, ja, mein Kleiner. Du merkst das nicht, du findest, deine Mutter riecht gut, und sogar deine Tante, die nach Terpentin riecht, und dein Onkel, der nach dem Schweiß seines Ungestüms riecht, aber der Löwe findet, wir stinken, und nicht nur der Löwe, auch alle anderen Tiere der Schöpfung (erinnert mich daran, daß ich euch ein Wort über die Schöpfung sage). Da sieht man, wie trügerisch der olfaktorische Schein manchmal ist, denkt an den Regenwurm, das ist wichtig. Ebenso sieht das Pferd oder der Hund nicht dieselben Farben wie wir, auch nicht dieselben Perspektiven, und wie mag das erst beim Salamander sein oder bei meinem farbenblinden Freund, dessen visuelles Vermögen sich auf halbem Weg zwischen dem von Pferd und Hund bewegt. Diese Relativität aller Dinge kann einen geradezu mit

Bestürzung erfüllen. Denn damit steht ja die Wahrheit der Welt auf dem Spiel, nicht mehr, nicht weniger. Wenn Rot sich, je nach dem Auge, das es sieht, anders ausnimmt – was ist Rot dann? Wo ist die Wahrheit, und gibt es überhaupt Wahrheit? Damit rühren wir an unser zentrales Thema, die philosophische Frage. Keine Sorge, ich habe die Wahrheit, und ich werde sie euch gleich sagen, ohne weiteres Zögern, aber auch ohne Übereilung. Der Löwe, denn ich lasse den Blick nicht von meinem Gerüst, macht den ganzen Tag absolut nichts, während die Löwin, die sich mit der Gleichberechtigung noch nicht so auskennt, in aller Herrgottsfrühe aufsteht und zur Arbeit geht, auch nachts in Form von Überstunden, die einkauft, Essen macht, sich um die Kleinen kümmert, Toilette, Erziehung, Spielen, Lernen, den jungen Männchen muß die liegende Haltung beigebracht werden, den jungen Weibchen die aufrechte Haltung. Nun wäre es aber ungerecht, dem Löwen jegliche Aktivität abzusprechen. Der Löwe wacht. Und das ist enorm. Müden, herrscherlichen Blickes späht er in die Runde (ohne aber nach dem Bus zu spähen, Vorsicht, der Löwe ist ein Weiser und kein Mensch), so daß die Löwin in aller Seelenruhe ihren kleinen Beschäftigungen nachgehen kann. Eventuell unterstützt er mit mal spielerischer, mal strafender Tatze das Weibchen bei der Erziehung der Kleinen, ungefähr vier Minuten pro Tag, also durchschnittlich zwei Stunden und zwei Minuten im Monat. Und das ist enorm. Gelegentlich und aus purer Güte, auch um sich die Beine zu vertreten und wenn seine unvergleichliche Stärke gebraucht wird, läßt er sich alle 57 Tage einmal herbei, der Löwin bei einer nächtlichen Jagd zu helfen. Hüten wir uns, den Löwen für blöd zu halten. Fern liegt ihm der Gedanke, ständig in die Gegend zu starren und sich derweise zum Sklaven seiner männlichen Mission zu machen. Nein. Die meiste Zeit schläft der Löwe. Was bedeutet, daß der Löwe, das heißt der König der

Tiere, hier ist ja nicht die Rede von irgendwem wie euch und mir, mit einer Größe ohnegleichen das fundamentale Prinzip der Energieersparnis anwendet. Genau wie der Elefant, der die Mädels sich mit Arbeit und Haushalt abrackern läßt und seinen mächtigen Körper zwischen Wasserloch und Weide gemächlich hin und her bewegt und niemals mehr als nötig. Ganz anders der männliche Hirsch, zum Beispiel, oder viele andere Tiere, die, weil sie keine Könige sind, nicht von dem vitalen Prinzip der *Energieersparnis* durchdrungen sind und die meiste Zeit damit zubringen, entweder beim kleinsten Geräusch aufzuschrecken (vom Aufschrecken reden wir noch, obwohl es mir persönlich fremd ist) oder aber sich Tag und Nacht mit ihresgleichen zu prügeln. Das Hirschenleben in seiner krassen Absurdität ist trostlos. Und ganz oben auf dieser traurigen Pyramide regieren die Affen (Pongidae, Hylobatidae, Cercopithecidae, aber ich will euch nicht mit meinen Familiengeschichten langweilen), die

die Kunst der sinnlosen Bewegung und des Krawalls auf eine Spitze treiben, die nur der Mensch, wie zu vermuten stand, spielend übertrifft. Ich nehme hierbei einen männlichen Orang-Utan aus, den ich einmal lange Zeit beobachten durfte, ohne Furcht vor Kälte noch Gefahr, und der vierundzwanzig Stunden auf seinem Hintern hokken konnte, ausschließlich damit befaßt, mit ganz langsamen Gebärden sich einen Salat auf den Kopf zu stülpen, abzunehmen, aufzustülpen, wieder abzunehmen. Dieser außergewöhnliche Affe, Utopist, Anarchist und voller Verachtung für die wilden Prügeleien, die sich hinter seinem Rücken abspielten, bewies alle Anzeichen eines kontrollierten Geistes, der über die Mysterien des Lebens nachsinnt. Aufgrund unserer vielen Gemeinsamkeiten wurden wir sehr schnell Freunde, und ab und zu trinken wir im Café an der Ecke miteinander ein Gläschen. Ich muß hier unbedingt anerkennen, daß sein durchdringender Verstand mir eine große Hilfe war und daß dieses Werk ohne ihn vielleicht nicht wäre, was es ist.

Die Sache mit der Energieersparnis, der Schlüssel jedes wirklich bewußt und gut geführten Lebens, ist entscheidend. Man sieht, wie leicht es fällt, von jenen einfachen, aus der Beobachtung der Tierwelt gewonnenen Beispielen geradewegs zum Menschen und zu den Geheimnissen seiner Existenz zu kommen. Zum Menschen, der seine Energie in alle Winde streut, ohne sich um die Folgen zu kümmern, und der immer, wenn er ihrer bedürfte, ohne dasteht. Das ist natürlich schade. Solche Vergeudung läßt sich bis in die kleinsten Handlungen des Alltags beobachten, wobei diese nichtigen Dinge nicht ohne Bedeutung sind (erinnert mich daran, euch ein paar Worte über die Ameisen zu sagen). Trifft der Mensch auf eine verschlossene Tür, rüttelt er zehnmal daran, bis er sich überzeugt hat, daß sie verschlossen ist. Obgleich einmal genügen würde, und selbst das wäre zuviel. Erhebt sich zwischen einem Menschen und seinem Weg eine Mauer, rennt er dagegen an, um sie niederzureißen. Vergebens. Mit solchen kleinen Beispielen rühren wir direkt an den Kern dieses Werkes, ich meine die Liebe, für die der Mensch eine geradezu unfaßliche Menge Energie aufwendet, während er genau dann, wenn eine Minute der Besinnung angebracht wäre, nahezu ohnmächtig dasteht. Erschöpft von seinen fruchtlosen Kämpfen, häuft der Mensch im entscheidenden Augenblick Blödheit auf Blödheit, wie ein Lasttier, das unter seiner Bürde zusammenbricht. Welches diese Blödheiten sind und wie man sie vermeidet, wenn es um die Liebe geht? Das ist sehr einfach. Ich komme drauf zurück, seid unbesorgt, aber es wäre albern, sich zu überstürzen, Energiesparen heißt das Zauberwort dieses Bändchens. Geduld und Zeit bringen mehr als Gewalt oder Wut.

Womit wir geradewegs zum Hauptphänomen der Menschheit kommen, ich meine den Krieg. Ja, mein Kind, den Krieg, denn die Menschen sind nun mal so beschaffen, daß sie sich bekriegen, du bist jetzt groß genug, um diese traurige Tatsache zu wissen. Aber es ist höchste Zeit, daß das aufhört, und hab keine Angst, ich bin ja da, wir schaffen Ordnung, ohne lange zu fackeln. Ja, deine Tante hat schließlich um vier Uhr früh angerufen, sei unbesorgt. Nimm dir ein Beispiel an deiner Mutter, wie ausgeglichen sie ist, wie gelassen sie die Ereignisse meistert, egal, was geschieht. Nein, ich schreibe keinen Kriminalroman, ich stecke, wie der Ackergaul im Kummet, bis zum Hals in einer Sammlung von Wahrheiten über das Leben, die Aufsehen erregen wird, glaub mir. Später, wenn du groß bist, wirst du sie in deine Gesäßtasche schieben, und sie wird dir immerfort guten Rat geben, damit du die Patzer, Schnitzer, Böcke und Dusseleien vermeidest, die man gewöhnlich begeht, besonders in der Liebe, von der ich bestimmt noch reden werde, keine Bange, ich bin nicht die Frau, die sich drückt, erst recht nicht vor einer so sonnenklaren Frage. Und auch vorm Sinn des Lebens werde ich nicht kneifen, zumal die Sache so simpel ist. Es wird eine Zeit »vor dem Buch« und eine Zeit »nach dem Buch« geben. Daß deine Mutter die Autorin ist, muß dir die Lektüre nicht verleiden, denn ich schreibe das als anonyme Person, jeder andere hätte es an meiner Stelle tun können, ich meine, deine Tante oder dein Onkel oder ein paar seltene große Geister. Aber die großen Geister sind alle damit beschäftigt, in den belebenden Seen der Tundra zu planschen, du siehst mich hier ganz allein, wie einen angeschirrten Gaul mit seiner Scheißfuhre auf dem Weg der Pflicht. Denn so ist deine Mutter, mein Sohn, beharrlich, ruhig und entschlossen, sie scheut vor keiner Schwierigkeit zurück. Obwohl, wie gesagt, die Probleme, die wir hier zu lösen haben, keine besondere Schwierigkeit darstellen (erinnert mich daran, euch bei Gelegenheit von den Ameisen zu erzählen).

Nebenbei bemerkt, hätte mein Sohn, der mit einem außergewöhnlichen Genie begabt ist, dieses Opus sehr gut an meiner Stelle übernehmen können. Aber ach! Seine Jugend verbietet mir, ihm das Kummet aufzulegen, und nur in bescheidenen, ausgewogenen Dosen flöße ich seinem wissensdurstigen und mit besonderem Genie begabten Geist nach und nach die Früchte der Erfahrung ein.

Ich verliere meinen Faden nicht, ich habe ihn gut im Auge und spreche jetzt zu dir, mein Junge, ohne alle Umschweife über den Krieg. Krieg, denk das bloß nicht, sind nicht nur die großen Ereignisse, die in deinen Geschichtsbüchern stehen. Nein, mein Junge, nein. Krieg läßt sich nicht in zwei Daten eingrenzen, leider, leider. Er ist immer da, überall, auf den Straßen, in den Kaufhäusern, im Kindergarten, in den Stadien, den Mietskasernen, in der mauretanischen Tundra, ganz zu schweigen von jenem Krieg, der sich tagtäglich mit harten Bandagen zwischen der Gemeinde Rouge-Mare und der stolzen Gemeinde Villiers-d'Écaudart abspielt. Krieg ist das Kleingeld der menschlichen Beziehungen und verschlingt sage und schreibe 81 Prozent der Energie jedes einzelnen, die übrigen 19 Prozent verteilen sich auf die Liebe (65 Prozent, die sich zuzeiten in beträchtlichem Maße mit dem Thema Krieg überschneidet, darauf kommen wir noch), das Essen (6 Prozent), die Arbeit (1 Prozent), auf das Trinken (76 Prozent) und einige kleinere Lebensfunktionen wie Bewegung und Ausscheidung (1 Prozent). Sieh dir diese Zahlen gut an und wisse, daß ich sie der Welt nicht unter die Nase reibe, ohne sie hinlänglich überprüft zu haben. Woher der Krieg kommt? Du willst eine Antwort, natürlich, und du sollst sie haben, denn deine Mutter hält, was sie verspricht, darauf kannst du bauen wie auf eine hundertjährige Eiche. Der Krieg, und nun halte dich fest, du, mein Junge mit deinem besonderen Genie, der Krieg kommt daher, daß der Mensch sich definieren muß, also erkennen, *wer er ist*, wie er heißt, welches wohl seine ihm eigenen Vorstellungen und Fähigkeiten sind und ob er überhaupt existiert. So weit, so gut, fahren wir fort. Leider, mein Junge, ist das menschliche Wesen aufgrund seiner meditativen Schwäche, die die Tragik seines Seins ausmacht, unfähig, sich wie ein Erwachsener von allein zu definieren, so wie das Erdreich unfähig ist, sich ohne Regenwürmer zu belüften. Du wirst sagen, soll er doch in den Spiegel schauen, den seine Freunde, seine Eltern, Papa und Mama, ihm vorhalten. Darin erkenne ich dein besonderes Genie, aber auch den Optimismus deiner Jugend. Denn Eltern, Freunde sind nie objektiv. Der Mensch ist aber nun mal so beschaffen, daß er die echte und ganze Wahrheit über sich kennen will, die zärtlichen Versicherungen von Papa (manchmal auch von Mama, je nachdem) genügen ihm nicht. Und wer, wenn nicht der Feind, ist besser geeignet, uns ein klares und umfassendes Bild unserer selbst zu geben, das durch keine gefühlsbedingte Subjektivität verändert wäre? Also kann der Mensch gar nicht anders, als sich schleunigst mit einem Feind zu messen, wenn möglich mit mehreren, und das von frühester Kindheit an. Denn ohne Feind weiß der einzelne nicht, *wer er ist*, und das nervt ihn unheimlich.

Nehmen wir einen Menschen männlichen Geschlechts, der in der Natur oder in der Stadt pinkeln geht. Was beobachten wir? Stellt er sich mitten aufs freie Feld, auf den Boulevard, mitten in die Nefud-Wüste und pinkelt drauflos? Keineswegs, mein Sohn. Der Mann ist nun mal so geartet, daß er an einen Baum, einen Laternenmast, eine Mauer oder einen Einbaum pinkelt, und das ist eine universelle Tatsache, die unser ganzes Interesse verdient. Kann man sagen, daß die Existenz des Baums, des Kahns seine biologische Fähigkeit zu pinkeln beeinflußt? Durchaus nicht. Tut er das, wie die Tiere, um sein Terrain zu markieren? Auch nicht, denn der Mensch hat keine Witterung. Daß der Mann nicht anders kann, als an einen Baum zu pinkeln, hat den einfachen Grund, daß dieser Baum ihn als pinkelnden Menschen definiert. Ein Mann, der allein auf freiem Feld pinkelt, ist *nichts*. Ein solcher in der Leere ausgeführter Lebensakt beraubt den Mann seines Sinnes, seines Namens, der Erkenntnis seiner selbst. Ja, ich weiß, das ist kompliziert, denn die Geheimnisse des Lebens sind kompliziert, aber mach dir nichts draus, ich werde dir dieses ganze Durcheinander gleich entwirren. Genauso wie der vitale Urin seinen vollen Sinn erst durch einen Baum erhält, erkennt der Mensch seinen Sinn erst durch den Feind, durch Reibung nämlich, und also durch Kontrast.

Aus dieser gebieterischen Ursache (Erkenntnis seiner selbst, das verliere nicht aus dem Auge) ist egal welcher Feind willkommen, da ist man nicht wählerisch, und nichts findet sich so leicht wie ein Feind. Das kann der Typ auf der Straße sein, die

Frau im Kaufhaus, der Nachbar von unten, der Nachbar von oben, der Junge von nebenan, der Alte vom Dachgeschoß, der Serbe, der Kroate, der Schwarze, der Weiße und sogar der Bauer aus Éperville (Haute-Normandie). Was die Einbeziehung der Frauen in den Krieg angeht, so ist offensichtlich, daß sie durch ihre körperliche Unfähigkeit, gegen einen Baum zu pinkeln, von Geburt an in der Kampfesführung ernstlich behindert sind. Es bleibt also nicht aus, daß die Frauen andere Wege suchen müssen, sich zu definieren, zum Beispiel in der Liebe oder in der Philosophie, und hier rühren wir an unser zentrales Thema, aber ich halte es nicht für klug, das holterdiepolter abzuhandeln. Krieg, mein Kind, ja, der ist schrecklich. Welche Lösung, fragst du mich? Ganz einfach, der Mensch muß eine andere Art der Selbstdefinition finden, siehst du, so einfach ist das und kein Grund zur Aufregung. Wie er sich aber dann selbst erkennen soll? Durch welches andere Mittel? Drängele nicht, mein Sohn, drängele nicht, ich kann es dir nicht oft genug sagen, spar deine Energie, wir kommen darauf zurück, bestimmt. Fürs erste nur mal, und damit du schon was zum Nachdenken hast, wisse, daß die alten Griechen sagten: *Wo die Worte verstummen, beginnt der Streit*. Etwas griffiger formuliert: »Sobald du das Maul hältst, geht der Zoff los.« Und darum siehst du deine Mutter immerzu reden, reden, um die Keime des Krieges unter dem besänftigenden Zauber der Sprache zu begraben, Quell der Erkenntnis unserer selbst und der anderen, so wie der Gaul auf einsamer Flur den Pflug zieht. Ja, mein Sohn.

Und seht bloß zu, den Redefluß immer schön in Gang zu halten, besonders im Angesicht von Feinden, und nicht in Einsamkeit und Stummheit zu verfallen. Auch ich, die ich zu euch spreche, kann gelegentlich in tiefste Einsamkeit versinken (heute sind es 48 Tage, daß der Mann meines Lebens kein Lebenszeichen gegeben hat, aber da müßten noch ganz andere Dinge passieren, um meine Heiterkeit zu trüben). Einsamkeit schreckt mich ganz und gar nicht. In diesem der inneren Sammlung günstigen Zustand genehmige ich mir dann irgendeinen Actionfilm voller Abenteuer und Meditation. Aber ach! Kraft meiner ungewöhnlichen Fähigkeit, in Symbiose mit meinesgleichen zu treten, geschah es mir dabei tatsächlich schon, daß ich mich mitten in der Nacht in den Sheriff der Howeitat verwandelte und, den Dolch in der gereckten Faust, eine bekiffte Truppe von Tausenden arabischer Krieger zum Sturm auf Akaba führte. Oder ich wurde jählings aus meinem Sessel in den Wilden Westen versetzt, wo ich mit geschultertem Gewehr furchtlos die heranstürmenden Horden erwartete, die ich restlos und ohne Zaudern niedermähte. Ja, ich, die ich zu euch spreche, stelle mich dann und wann hin, Revolver in der Hand (einen Sechs-Schuß-Trommelrevolver, der meinem Urgroßvater gehörte und der mir sehr teuer ist), strecke den Arm aus, drücke ab und durchsiebe meine Feinde mit fiktiven mörderischen Kugeln, ohne Furcht vor Kälte noch Gefahr. Und ohne daß das an Neurose grenzte, in keiner Weise. Dieses erhellende kleine Beispiel nur, um klarzustellen, daß selbst die stärksten, von außergewöhnlicher Friedfertigkeit beseelten Geister nicht davor gefeit sind, plötzlich, aus der unerbittlichen Stille der Einsamkeit heraus, von kriegerischem Furor gepackt zu werden. Hier ist nun wohl der Begriff des sogenannten Heroismus fällig, für den ich nicht unempfänglich bin, ohne daß dies etwas mit Neurose zu tun hätte, und auf den wir unfehlbar zurückkommen werden, nährt diese Idee doch ebensosehr die künstlerische Fiktion, wie sie der Wirklichkeit abgeht. Darum, mein Junge, halte dich an das Wort der alten Griechen, und hör nicht auf, *ununterbrochen zu reden* (und eventuell, falls dir soviel Zeit bleibt, auch mal die anderen reden zu lassen), wenn du nicht willst, daß die Zwietracht ihre verführerische Fratze erhebt.

Was die einfachen und praktischen Mittel betrifft, um die Frage des allgemeinen Krieges wirklich zu lösen, so sprechen wir später darüber, doch ohne Übereilung. Bitte, bedränge deine Mutter nicht, es kann nicht schaden, dir das zu wiederholen.

Nebenbei bemerkt, kommen wir nicht umhin, uns dem Lebensrätsel mit dem *trockenen Sand* zuzuwenden, nein, ich verliere meinen Faden nicht, ich habe meine Gliederung fest im Blick. Ich muß gestehen, ich habe soeben eine kurze Pause eingelegt, einzig um mich maßvoll zu ernähren, gemeinsam mit einer Freundin und in Gesellschaft meiner Zwillingsschwester, denen ich zwischen zwei Gabelbissen ein paar kleine Ratschläge fürs Leben gegeben habe, wie man es einteilt, wie man gewisse Fragen löst, besonders wo es sich um Liebe und deren Überdosierung handelt. Unter *Überdosierung* verstehe ich die exzessive Aufnahme von Liebesbezeigungen, die einem unweigerlich den Zugang zu den eigenen

Gefühlen versperrt. Überfluß schadet, wie allem, auch der Selbstwahrnehmung. Darum erschreckt nicht, solltet ihr auf die Idee kommen, daß ihr überhaupt keinen mehr liebt und nur den einzigen Wunsch habt, mit der Liebe in Ruhe gelassen zu werden. Das ist eine ganz natürliche Wirkung von Überfluß, einem Zuviel an Reichtümern, ich sprach von *Überdosierung*. Schreitet trotzdem unverzüglich dagegen ein: So eine Überdosierung kann bewirken, daß man das geliebte Objekt ein für allemal ablehnt, ungefähr wie einem der übermäßige Verzehr von Nüssen noch dreißig Jahre später im Magen liegt. Mit der Überdosierung von Nüssen ist es wie mit der Überdosierung von Liebe: Wenn sie nicht rechtzeitig behandelt wird, kann die Wirkung unumkehrbar sein. Sorgt augenblicklich dafür, daß die Dosen verringert werden, es geht ums Überleben in Sachen Liebe. Umgekehrt müßt ihr auch das geliebte Objekt vor Überdosierung bewahren, soll es euch nicht übel ergehen, aber wir kommen auf das Thema Liebe bestimmt zurück, nur ohne uns zu überstürzen, wir wollen es doch gründlich behandeln. Was mich persönlich betrifft, so ist mein Liebesleben ein völliges Fiasko, sowohl auf persönlicher Ebene als auch persönlich, und das sage ich jetzt nicht, weil ich heute abend was getrunken habe, verführt von meiner Zwillingsschwester und dieser Freundin, die mein Glas ohne mein Wissen immer wieder nachfüllten in der vergeblichen Hoffnung, daß ich aufhöre, sie mit Ratschlägen zu traktieren. Das heißt aber mich schlecht kennen, zumal mein Zwilling genau weiß, daß ich kein Unterbewußtsein habe und daß Trinken meinen Redefluß nicht stoppt noch meine Luzidität auch nur eine Sekunde beeinträchtigt, im Gegenteil. Aber manchmal ist eben meine eigene Schwester der guten Ratschläge leid, die ich ihr erteile und die ich heute abend in die schroffen Worte kleidete: »Handle endlich, und sprich.« Nun, meine Schwester, die ihr eigenes Genie besitzt, ich weiß nicht, ob ich das bereits erwähnte, hat eine gewisse Abscheu davor, zu handeln beziehungsweise die Wahrheit auszusprechen. Diese Haltung macht sicherlich ihre Größe insofern aus, als sie von außergewöhnlicher Energieersparnis zeugt, ein wenig wie bei unserem Orang-Utan-Freund, von dem ich weiter oben mit Rührung sprach, und gleichzeitig von der echten Sorge, andere mit unausgegorenem Gerede zu überschütten. Aber wie in allem, darf man es auch in Sachen Energieersparnis nicht zu weit treiben, deshalb läute ich bisweilen die Alarmglocke und rufe: »Halt, Schwester!« Nichts stört meine Schwester mehr, als wenn ich diese verdammte Alarmglocke ziehe. Voreiligkeit, rohes Eingreifen, so etwas liegt ihr nicht, lieber verschließt sie sich in edlem Schweigen. Mein Zwilling, muß ich sagen, ist eine non-interventionistische, anarchistische Utopistin, der die Macht der Fakten und die rauhe Wirklichkeit einfach nichts anhaben können. Daß die Wahrheit ans Licht kommt, daß sie nachweislich ist, daß in den Mysterien des Lebens eine Logik waltet, ist ihr vollkommen egal. Sie nimmt es hin, nach dem Vorbild des Malers Magritte, der die Welt durch sein schlechtes Beispiel beinahe zerrüttet hätte, wenn man ihr einen Kieselstein zeigt und sagt: »Das ist ein Stuhl«, was ich besorgniserregend finde, ja, mein Junge, so ist deine Tante, es ist höchste Zeit, daß du das erkennst. In dieser Hinsicht, muß ich sagen, ist sie ein Fels, jedem faktischen Argument verschlossen, so schlagend es sei. Aber das heißt, meine Beharrlichkeit zu unterschätzen, wie viele Gläser mir auch untergeschoben werden, um den hohen Stand meiner Klarsicht zu brechen. Denn ich sage: »Halt, Schwester, mein Engel des Lichts, unterm sanftmütigen Schlamm dieses nun Jahre währenden Schweigens schlummert ein Vulkan.« Ja, mein Junge, und das will deine Tante partout nicht wahrhaben infolge eines Gleichmuts, der ihre Größe ausmacht. Nur, früher oder später erwacht der Vulkan, und es ist besser, sich gleich darüber klarzuwerden, deshalb arbeite ich auch so unnachgiebig an diesem kleinen Ratgeber. Wie man sieht, weist die Sache mit dem In-Schweigen-Versinken unmittelbar auf das Hauptthema dieses Werkes hin, die Liebe, von der ich an späterer Stelle sprechen werde, aber nichts treibt uns, es brennt ja nicht. Womit gleichzeitig die zentrale philosophische Frage auftaucht, ob die Wahrheit des Lebens nun im Schlamm liegt oder im Vulkan, dazu komme ich noch, verlaßt euch drauf.

Nebenbei will ich folgende kleine Begebenheit aufgreifen, ohne meinen Faden loszulassen. Der Taxifahrer, der mich zu meiner Arbeit zurückbrachte, war ein Vietnamese, der mit den Bräuchen unseres schönen Landes, ich meine Frankreich, noch wenig vertraut war. Als er durch die Rue Campagne-Première fuhr, erkundigte er sich nach der Bedeutung dieses Namens, und bereitwillig, vermöge des glücklichen Naturells, das ich besitze, klärte ich meinen wißbegierigen Chauffeur auf. Als er dann in die Avenue René Coty einbog, belehrte er mich in seiner ein wenig gebrochenen Sprache, da handle es sich um den letzten Präsidenten der Vierten Republik. Der Dritten Republik, berichtigte ich beflissen, um seine Bildung zu vervollkommen. Zurück in meiner Arbeitsklause, warf ich rasch einen Blick in mein *Dictionnaire universel d'Histoire*, und ich muß gestehen, daß mein unvertrauter Vietnamese nicht ganz unrecht hatte. Eine Anekdote, die nützlicherweise erinnert, daß einerseits der Schein trügt, wie wir zu Beginn anhand des Begriffs »Regenwurm« bereits eindeutig dargelegt haben, und andererseits der Geist und das menschliche Wissen unteilbar sind, worauf die Allgemeingültigkeit meiner Worte basiert. Hütet euch also vor vietnamesischen Taxifahrern, sie wissen unendlich mehr als ihr über das politische Durcheinander des 19. und 20. Jahrhunderts in Frankreich, und sie sind nicht die einzigen, glaubt mir. Lest alles gründlich nach, bevor ihr in ein Taxi steigt, und vergewissert euch, daß ihr eure französische Geschichte an den Fingern herblättern könnt, sonst schnappt die Falle zu, wo ihr es nicht erwartet, weil ihr euch in glücklicher Verblödung seelenruhig auf eure blinden a priori verlaßt. Diese schlichte Vorsichtsmaßregel bewahrt euch davor, zu Hause vernichtet auszusteigen, wer Ohren hat, der höre. Allerdings brauchte es weit mehr als einen gelehrten Chauffeur, um die Schreiberin dieser Abhandlung aus der Fassung zu bringen. Statt am Boden vernichtet zu sein, straffe ich mich, und diese Anspielung auf die Verblödung, in der unsere Fähigkeiten versacken und die uns auf Gnade und Ungnade dem erstbesten vietnamesischen Eingeborenen ausliefert, führt mich direkt zum Hauptthema unseres Werkes zurück, der Liebe. Die behandeln wir, seid unbesorgt, in Kürze werdet ihr in eurer Geschichte völlig klar sehen. Die Liebe erscheint euch heimtückisch und hinterlistig, wie eine Blindschleiche, die euch immer wieder im Gras entwischt, aber das täuscht.

Es gibt einfache, praktische Wahrheiten, die werde ich euch zum gegebenen Zeitpunkt servieren. Aber wie ich meinem Sohn ständig wiederhole, da, wo es sich um wichtige Probleme und Lebensrätsel handelt, hat es keine Eile, nehmen wir uns die Zeit, sie in aller Ruhe anzugehen, ein ausgeschlafener Soldat taugt für zwei. Zuerst das Gerüst, die Gliederung, der Zusammenhang, wie ich immer sage. Die Antworten fügen sich dann von selber, und sie werden sich fügen wie die Ziegel auf dem Dach, da brauchen wir uns gar keine Sorgen zu machen. Die zufällige Tatsache, daß mein Liebesleben eine lange Folge von Fehlschlägen sowohl auf persönlicher Ebene als auch persönlich ist, muß euch in keiner Weise beunruhigen, in dem Punkt bin ich kategorisch. Ich sage sogar, im Gegenteil. Durch Prüfungen gehärtet, durch Fehlschläge kampferprobt, aus einem Übermaß an Mißerfolgen zu einer geradezu verblüffenden Klarheit gelangt und zur gründlichsten Kenntnis der Fallgruben, die das Leben so gern auf unserem

Weg gräbt, bin ich als Frau der Situation voll gewachsen, auch ward mir manch schöne Ehrung zuteil, weil ich allen Widrigkeiten heroisch standhielt (wir finden hier das zentrale Thema des Helden wieder, das sich mit dem der Liebe, des Krieges und der Philosophie unvermeidlich kreuzt). Aufgrund dieser ungewöhnlich breiten Erfahrung übernahm ich in Liebesdingen gefährliche Missionen aller Art und wurde etliche Male als Aufklärer an die Front geschickt, einzig um meine Brüder und Schwestern vor den Gefahren des Weges zu bewahren. Und wie uns die Kenntnis der Vergangenheit erlaubt, die Zukunft zu erahnen und ihr zu mißtrauen (man sieht hier, daß mein historischer Sinn mich nie verläßt), verleiht mir besagte Erfahrung außerordentliche Sehergaben in puncto Liebe. Ihr könnt also das blindeste Vertrauen in die Wahrheiten setzen, die ich in diesem Buch so meisterlich dicht lege wie Ziegel auf das Dach.

Doch behalte ich weiterhin mein Gerüst im Auge, und da stellt sich nun das Rätsel mit dem trockenen Sand, das man nicht so mit einer Handbewegung abtun kann. Seine Formulierung entleihe ich von einem Freund und Künstler, der sie einstmals in einem seiner Bücher verwandte. Denn ich habe das Glück oder auch Unglück, unter meinen Freunden eine beträchtliche, ich möchte sogar sagen abnorme Menge von Künstlern zu zählen, die in ihrem jeweiligen Kämmerlein sämtlich damit beschäftigt sind, sich aus den verschiedensten Materialien ihr ganz persönliches Modell vom Sinn des Lebens zusammenzubasteln, ohne sich irgend darum zu kümmern, es auch anderen nahezubringen. Das jammert einen. Von der Vielzahl der kleinen Modelle um mich herum einmal abgesehen, hat diese Fülle von Künstlern aber auch eine unvorstellbare Summe von Formzertrümmerungen zur Folge, die den elementarsten Gesetzen der Gesellschaft spotten. Das ist traurig. Denn wie ich schon sagte, pfeift der Künstler kraft seiner Natur und der Tatsache, daß er in seiner Nische an seinem Modell bastelt, total darauf, die anerkannten Regeln des gesellschaftlichen Lebens zu respektieren, die das gleichwohl verdienten, und unterminiert durch seine maßlose Freiheit die Vorstellung von einem normalen Leben überhaupt, aber davon später. Gott sei Dank, habe ich nicht das Glück, zu dieser Sorte von individualistischen Privilegierten zu gehören; allenfalls mit bescheidenem literarischem und wissenschaftlichem Verstand begabt, der sich indes mit einem hervorragenden Gedächtnis paart sowie einer außerordentlichen Luzidität, führe ich als einzige ein geregeltes, verantwortungsvolles und der gesellschaftlichen Disziplin der Allgemeinheit gemäßes Leben. Deshalb fühle ich mich auch wie der Ackergaul in seinem Gespann und ziehe die Furchen der Wahrheit durch einsame Fluren. Gleichwohl bringt diese Myriade von inkonsequenten Künstlern, die mich wie Sternschnuppen die blinkende

Masse des Mondes umkreisen, hier und da einige Wohltaten mit sich. Wenn ich mich mit dem Mond vergleiche, so seht darin keine Melancholie. Der Mond erhellt die siderische Dunkelheit des Alls, leitet unsere Schritte in der Finsternis und gebietet den Bewegungen aller Meere des Erdballs, ohne auch nur den kleinen Finger zu rühren. Das zeigt ja wohl, wie angebracht die Annäherung zwischen dem machtvollen, gutmütigen Gestirn und der Autorin dieses Bändchens ist. Im übrigen gemahnt der Mond mit seinem liebenswürdigen Wesen und seinem besonderen Genius mich an die stumme Weisheit meines Orang-Utan-Freundes. Aber ich halte den Blick immer noch streng auf mein Gerüst gerichtet und betone, daß vereinzelte Gedanken meiner Künstlerfreunde mein Denken gelegentlich durchaus zu bereichern vermochten.

So schrieb denn ein Künstler und Freund von mir eines Tages angesichts eines kleinen Mädchens, das sich am Strand damit vergnügte, mit den Händen im Sand zu spielen, den Satz: »*Wie kommt es, daß einem der Sand, je mehr man ihn preßt, desto schneller aus den Händen rinnt?*« Um der Klarheit des Ausdrucks willen bedaure ich, daß mein Freund nicht präzise geschrieben hat: »Wie kommt es, daß einem *trockener* Sand, je mehr man ihn preßt, desto schneller aus den Händen rinnt?« Aber man verlange von einem Künstler nicht, daß er seine Gedanken präzise formuliert, wo er doch damit beschäftigt ist, sich in seiner Nische sein individuelles Instrumentarium zusammenzubasteln. Den Denkern obliegt es, die Lücken zu füllen, weshalb ich es denn für meine Pflicht hielt, den Satz zu vervollständigen, dem ich gleichwohl Ehre erweise. Es ist natürlich sehr traurig, daß mein Freund nicht daran dachte, auf die fundamentale Frage zu antworten, die er da aufgeworfen hatte, aber, wie schon gesagt, Kaputtmachen ist unvergleichlich leichter als Herstellen. Und weil dieser mein Freund in seiner Künstlerexistenz nicht allein heftig zu ackern hat, sondern auch unbekümmert alle Freuden des Lebens in naturbelassenen Gegenden genießt, werfe ich nicht den ersten Stein auf ihn, mag die Menschheit noch so sehr auf die Antwort warten. Der Logiker also muß, wie der auf einsamer Flur an seinen Scheißkarren geschirrte Gaul, solche unvollendeten Fragen beantworten, die verrückte Künstler ihren Zeitgenossen leichtfertig vor die Füße werfen. Die Sache mit der *Handvoll trockenem Sand* gilt ebenso für eine Handvoll Plastilin, Ton, Brotteig, Pampe, Wasser, Wein, Feta, normannische Sahne, Kacke und eine Menge anderer Stoffe, deren Aufzählung uns zu weit führen würde. Übrigens versteht man, daß besagter Freund aus rein ästhetischen Gründen lieber von trockenem Sand gesprochen hat als von Feta oder Kacke, aber hier geht es nicht um Ästhetik, wie man wohl sieht. Eine streng nach ästhetischen Gesichtspunkten getroffene Auslese unter den Dingen des Lebens beeinträchtigt die Gesamtdarstellung der Lebenswahrheiten entschieden. Verhüllt also nicht euer Angesicht, das wäre das letzte, wenn ihr von diesem Buch profitieren wollt: Kacke (mit diesem ausweichenden Begriff meine ich die excreta, und daran merkt man, wie sehr ich meinem wissenschaftlichen Geist verpflichtet bin) gehört ebenso unweigerlich zu den Wahrheiten des Lebens wie die Rätsel, denn das Dasein besteht nicht aus reiner Schönheit, worauf zurückzukommen ist. Nein, mein Junge, bilde dir in deinem jugendlichen Leichtsinn nicht ein, daß die Wahrheiten des Lebens lauter Herrlichkeiten sind. Du mußt begreifen, mein kleiner Sohn, daß es ein grundlegender Fehler wäre, die Kacke in einem solchen Werk auszusparen. Womit wir an unser Hauptthema rühren, die Philosophie. Denn genauso, wie wir es im Fall der Farbe Rot sahen, ist die negative Auffassung, die der Mensch vom *excretum* hat, in keiner Weise berechtigt. Wir kommen hier geradewegs wieder auf das Konzept »Regenwurm« zurück, wonach der Schein immer trügt, und streifen dabei flüchtig auch unser zweites Hauptthema, die Liebe, die aber zu ihrer Zeit behandelt werden wird, Drängeln ist sinnlos. Jede Wahrheit kommt zurecht für den, der warten kann, die Frage der Ungeduld und ihrer katastrophalen Folgen habe ich bereits behandelt. Das *excretum*, und hier scheue ich mich nicht, die Tatsachen rückhaltlos und ohne Umschweife zu benennen, das *excretum*, zuallererst die vitale und reinigende Funktion des Lebewesens, sodann unersetzliche Quelle des Bodendüngers, der durch Umwandlung in angereicherten Humus sich selbst zu regenerieren vermag in der Form kraftvollen Heus, welches wiederum das Überleben der Kälber, Kühe, Schweine und anderer Insekten garantiert (erinnert mich bitte an die Ameisen) und folglich auch des Menschen – das *excretum* also schließt den vollständigen Kreislauf der Natur, vom Ursprung bis zu ihrem ewigen Neubeginn. Man könnte sogar sagen, daß das gesamte menschliche Leben auf seinem excretum wie auch auf den Regenwürmern beruht und es ein grundlegender methodologischer Fehler wäre, seinen Wert zu leugnen. *Excreta* und Regenwürmer sind die Grundlage jeglicher Form von Existenz und deren Erneuerung, zusammen mit ein paar anderen Substanzen, von denen ich nicht versäumen werde zu reden, schließlich ist es höchste Zeit, diese edlen Elemente aus dem Ganggestein des Unwissens zu lösen, in das unser engstirniger Geist sie blindlings eingeschlossen hat. Ja, mein Junge, sei dir bewußt, daß der Schein einer Sache nicht die Sache selbst ist, wie ich dir, glaube ich, schon erklärt habe, ich möchte nicht alles zehnmal wiederholen müssen. Gib dem Kaiser, was des Kaisers ist, und bekenne dich zur Größe der *excreta*, du siehst, deine Mutter ist auch nicht zimperlich. Sieh dir nur mal an, wie kleine Kinder in ihrer instinktiven Weisheit, die von der ignoranten Gesellschaft allzufrüh gezügelt wird, mit berechtigtem Stolz ihre *excreta* dem Papa darbieten (oder der Mama, je nachdem, manchmal ist es auch die Mama). Ohne

Regenwürmer und *excreta* kein Leben, keine Geburt und kein Wachstum, also auch keine Liebe. Damit rühre ich nun direkt an das Thema dieses kleinen Opus, doch, wie gesagt, ohne Überstürzung, denn Überstürzung versaut die Methode. Und ohne Methode kein Ratgeber. Man muß wissen, was man will.

Warum einem trockener Sand, je mehr man ihn preßt, desto schneller aus den Händen rinnt? Ich habe mein Gerüst fest im Blick und lasse nicht davon. Denn durch das Zusammenpressen übt die Hand einen Druck auf die halbflüssige Materie in ihr aus und schleudert sie regelrecht aus ihrem Behältnis. Damit aber kommen wir geradewegs zu einem Schlüsselbegriff, dem *Druck*, und für dieses Opus ist es entscheidend, ihm die gebührende Beachtung zu schenken. Ich habe nun schon die zweite Nacht kein Auge zugetan, dafür bin ich doppelt so wach. Zur Stunde, da ich dies schreibe, schläft meine eigene Zwillingsschwester noch den Schlaf der Künstler, während mein Bruder sich feurig mit einem bedauerlichen Mangel an Energieersparnis verausgabt. Ich werfe ihnen nichts vor, im Gegenteil, denn bei uns geht, aus wohlverstandener Sorge um universelle Tragweite, die Familiensolidarität über alles. Trotzdem, da ich in meiner Einsamkeit nun mal an das Kummet gekettet bin, hänge ich dem unmöglichen Wunschtraum nach, sie wären alle beide um mich, würden mir einen stärkenden Tee bereiten und mich mit ihrer schweigenden Gegenwart unterstützen, ebenso wie mein Sohn an meiner Seite sitzen und seine Hausaufgaben machen könnte, die noch nicht gemacht sind, anstatt sich mit seinen Spielkameraden herumzutreiben. Desgleichen könnte meine Mutter in der Nähe sein und durch ihre sanfte Beständigkeit meinen Entschluß zu guter Arbeit fördern, anstatt sich in den schlammigen Gefilden der Normandie aufzuhalten, um die Arbeiten des Maurers zu überwachen, der, so hoffe ich, den Westgiebel *und* den Ostgiebel des stolzen Familienbesitzes repariert. Auch würde der Mann meines Lebens wie der Löwe gelegentlich eine liebevolle Tatze auf meine Schulter legen, um seine männliche Energie auf mich zu übertragen, aber, wie gesagt, nun sind es 49 Tage, daß ich keine Nachricht von ihm habe (und denkt nicht, daß das mit Aufschlag gerechnet ist), was mir kein allzu gutes Zeichen scheint, doch es müßte weit mehr passieren, um die Schreiberin dieses Werkes aus der Fassung zu bringen. Natürlich wäre es schön, wenn der zuvorkommende Familienkreis mir helfen würde, unverzagt Kettfaden und Schußfaden zu kreuzen, aber wie in allen Dingen, so auch hier, jammern wir nicht. Nein, mein Kleiner, denn du weißt, deine Mutter ist nicht die Frau, die jammert oder um ein Ja oder ein Nein die Arme sinken läßt wie so viele launische Gemüter, die ihrer Umgebung auf den Docht gehen. Möglicherweise verschafft meinen Familienmitgliedern ihr auffälliges Fernsein ja einige Entspannung (ich rede hier nicht von meinem Bruder, der sich nie entspannt), denn es bleibt nicht aus, daß mein glänzender Redefluß sie ermüdet, und das ist sehr menschlich. Dennoch wäre eine Tasse Tee nicht auf Ablehnung gestoßen, da ich nun schon den dritten Tag faste und mir keine Ruhe gönne. Aber ach! Es ist mir nicht beschieden, und meine in alle Winde der Ästhetik, des Ungestüms, der Vergnügungen und der Giebel zerstobene Familie läßt mich, ohne mich indes im Stich zu lassen, allein meine Straße ziehen, auf daß ich, gleich dem Gaul, der seinen Jauchekarren zieht, Tritt halte auf dem Weg der Erleuchtung. Aber ich will euch nicht mit meinen persönlichen Sorgen auf den Geist gehen, das ist nicht das Thema, zumal ich in einem hohen Maße – wenn man es sich auch schwer vorstellen kann – das Freiheitsbedürfnis jedes einzelnen und in erster Linie das meiner Familienmitglieder respektiere und drauf und dran bin, rein um der Disziplin willen meine Schwester mit einem

Anruf zu wecken, es wird Zeit, daß ich mich einmische. Denn auch Künstlern sind Grenzen gesetzt, die sie selbst mit ihrem besonderen Genie nicht überschreiten dürfen, ohne die ganze Gesellschaft vor den Kopf zu stoßen. Glaube nun nicht, mein Junge, daß ich dir irgend etwas vorwerfe. Nein, ich wünsche dir viel Spaß, das ist das wichtigste, solange die Arbeit, die zu leisten ist, gut geleistet wird, und auf den grundsätzlichen Punkt des »Viel Spaß« komme ich noch zurück, legt er doch den Finger auf unser zentrales Thema, die Liebe. Nur bedräng mich nicht.

In einem so klar gebauten aphoristischen Ratgeber wie diesem wäre es unverzeihlich, wenn man den erwähnten Begriff des *Drucks* übergehen würde. Druck bewirkt tatsächlich bei jeder ihn erleidenden Materie eine *Ausweichbewegung*, die das Objekt, auf das er ausgeübt wird, entfernt (du triffst hier, mein Junge, auf den gesammelten wissenschaftlichen Geist, der deine Mutter umtreibt). So ist es mit der Tür, gegen die man drückt, mit dem Nagel, auf den man schlägt, mit dem Ball, den man schießt, dem Stein, den man wirft, dem Blatt, das man knittert, dem Sofa, auf das man sich setzt, und schließlich dem trockenen Sand, den man in der Hand zusammendrückt. Einem Druck unterworfen, weicht das flüssige oder halbflüssige Objekt (wohlgemerkt, hier geht es nicht um die Mechanik fester Stoffe, und im Fall des Nagels ist es das Holz, das halbflüssig ist, nicht der Nagel, schmeißt nicht alles durcheinander, ich habe noch was anderes zu tun), das flüssige oder halbflüssige Objekt also *weicht*, und zwar auf verschiedene, seiner Natur angemessene Weise: Es rückt aus, wechselt die Richtung, schrumpft, rutscht weg, zieht sich zurück, entwischt und verschwindet sogar ganz (wie trockener Sand oder Wasser). Das ist die entfernende Wirkung von »Druck« auf flüssige oder halbflüssige Körper. Meistens ist sie auch das Ziel, wie im Fall des Balls, der Tür, des Nagels. Denn wenn ihr einen Nagel mit dem Hammer einschlagt, dies aber gar nicht euer Ziel war, weiß ich nicht mehr, was ich für euch tun kann, es sei denn euch raten, unverdrossen dieses Buch zu lesen oder Künstler zu werden. Nun kommt es aber vor, daß das Entweichen der Materie unter Einwirkung von Druck überhaupt nicht gewollt war, und an diesem Punkt nehmen die Dinge eine interessante Wendung, wie im Fall des trokkenen Sands oder des Sofas, dessen Polster einer nicht beabsichtigten, aber gleichwohl unvermeidlichen Quetschung unterliegt, ob ihr diesen Druck nun mit der Faust, dem Fuß oder dem Hintern ausübt, du siehst, mein Kind, deine Mutter redet nicht um den heißen Brei herum.

Und nun halte dich gut fest, mein Kleiner, wenn ich dir sage, daß der Mensch von seiner Natur her zur Kategorie der weichen, halbflüssigen Materien gehört, auf die, der unwiderlegbaren Lehre von den Körpern entsprechend, das Phänomen Druck *voll und ganz anwendbar* ist. Dir ist das wurst, und du irrst dich, was, bei all deinem besonderen Genie, deiner unbekümmerten Jugend zuzuschreiben ist. Aber später einmal, wenn du ein Mann bist, wirst du glücklich sein, glaub mir, von den unersetzlichen Lektionen deiner Mutter über die Mechanik der halbflüssigen Körper zu profitieren, die in Buchform in deiner Gesäßtasche stecken und dich auf mancherlei Gebieten, einschließlich der Liebe und der Philosophie, leiten und dir helfen werden, eine ganze Reihe der üblichen Dummheiten zu vermeiden. Also sei so gut und schenk mir zwei Minuten deine Aufmerksamkeit, denn jetzt kommen wir ohne Verzögerung zum Entscheidenden. Warte, ich wecke nur rasch deine Tante, damit sie die Lektion gleich anwenden kann, obwohl sie von dem Phänomen überhaupt nicht betroffen ist. Jeder auf ein menschliches Wesen ausgeübte Druck hat bei diesem Wesen aufgrund seiner halbflüssigen Natur einen Ortswechsel, die Entfernung, womöglich das völlige Verschwinden zur Folge. Literarischer formuliert (denn bei deiner Mutter verbindet sich der Geist der Wissenschaften mit dem Geist der Literatur, wie du gleich sehen wirst), je mehr Druck du auf jemanden ausübst, desto mehr wehrt er sich. Was versteht man, wenn es um menschliche Wesen geht, unter »Druck«? Die Mittel sind unendlich vielfältig, genauso wie es die Werkzeuge der Druckausübung auf die Dinge sind. Unter letzteren nenne ich in ansteigender Folge den Finger, die Hand, die Brise, die Faust, den Fuß, das Knie, den Stampfer, den Hammer, den Schmiedehammer, den Wind, den Schlagbolzen, den Rammbock, die Straßenwalze, den Wirbelsturm, die Flut und die Sprengladung, alles Instrumente, die einen Druck auf Körper ausüben können, und zwar einen je nach *Kadenz* und *Wiederholung* mehr oder minder starken Druck. Ein Schlag mit dem Schmiedehammer verdrängt eben tausendmal weniger als ein Tornado. Aber dreitausend Schläge mit dem Schmiedehammer können ein Haus sicherer als ein einziger

Tornadostoß dem Erdboden gleichmachen. Behalte diese Trilogie gut im Kopf, denn ohne sie gibt es keine Wahrheit: erstens das Werkzeug, zweitens seine Wiederholung, drittens seine Kadenz. Diese dreifache, vereinigte Wirkung gilt indes nicht für Extremfälle, denn die Rätsel des Lebens sind kompliziert: Tausendfacher Druck mit der Hand ist niemals das gleiche wie eine einzige Sprengladung. Dir ist das egal, aber du irrst dich, glaub mir.

Die Mittel, Druck auf ein menschliches Wesen auszuüben, bieten die gleiche amüsante Vielfalt, die ich hier ebenfalls in aufsteigender Reihenfolge beschreibe, ich kann nun einmal nicht anders als wissenschaftlich vorgehen. Das sind: Telefonanruf, Brief, Bitte, Einladung, Nachfrage, Flehen, Beschuldigung, Vorwurf, nachdrücklicheBitte, Aufforderung, Klage, Vorladung, Verbot, Erpressung, Ultimatum und endlich Befehl. Und genauso wie bei den Werkzeugen läßt sich die Stärke jedes dieser Mittel durch seine Wiederholung *und* Kadenz variieren.

So können hundert Anrufe (Konzept Wiederholung), verteilt auf durchschnittlich einen bis sieben pro Tag (Konzept Kadenz), einen viel stärkeren Druck ausüben als eine einzige nachdrückliche Bitte. Aber genauso wie bei den Werkzeugen gilt das Gesetz nicht für Extremfälle, hundert Einladungen sind nicht so explosiv wie ein einziger Befehl (trotzdem, das menschliche Wesen ist von seiner Natur her nun mal eine auf der reaktiven Ebene komplexere Materie als Holz, Sand oder Sofa).

Woraus sich ergibt, daß ein andauernder, mit Wiederholung und einer bestimmten Kadenz auf ein menschliches Wesen ausgeübter Druck unfehlbar beschleunigt, was ich wiederum nach Steigerungsgrad klassifiziere: Ausweichen, Rückzug, Entfernung, Flucht, ja völliges Verschwinden des Wesens, auf das der Druck ausgeübt wird. Ich sehe, mein Junge, du fängst an, dich für das zu interessieren, was deine Mutter sagt, und das ist gut so, zieh nur schön deinen Nutzen draus, ich werde es nicht zwanzigmal sagen. Denn mit dieser wissenschaftlichen Analyse des Drucks auf halbflüssige Körper stoße ich haarscharf auf unser zentrales Thema, die Liebe, allerdings ohne mich mehr als nötig zu beeilen. Je mehr Wiederholung und Kadenz bei der Ausübung des Drucks zunehmen, desto schneller und gewisser tritt das Verschwinden des geliebten Wesens ein. Wenn ihr euren Coup sauber berechnet, könnt ihr eine Liebe innerhalb von neun Tagen und acht Nächten zerstören. Manchmal in noch weniger, ich sah es mit eigenen Augen, und du weißt, daß deine Mutter nichts aus der Luft greift. Dennoch hat schon ein leichter, ja unmerklicher Druck seine Wirkung, glaubt nicht, daß ihr ungestraft drücken könnt: Ebenso wie eine Frühlingsbrise eine Tür öffnen kann, können ein paar überzählige Anrufe bei dem geliebten Wesen ein gewisses Zurückweichen auslösen. Solche leichten Effekte sind jedoch reparabel, es möge niemand erschrecken, und wer darin nie gesündigt hat, der hebe den Finger. In der

Tat werdet ihr dank diesem Büchlein lernen, die Druckwirkung nach einiger Überlegung mit Anti-Druckwirkungen zu kontern, dazu komme ich noch, sie sind zahlreich.

Manche Arten von Druck hingegen sind strikt irreparabel, ich nehme gleich mal den geläufigsten, das *Ultimatum*. Da sage ich: »Halt!« Ein Ultimatum, das muß jeder wissen, gelingt nie und kehrt sich systematisch gegen den, der es ausgesprochen hat, wie ein Bumerang. Ein gestelltes Ultimatum ist ein verlorenes Ultimatum, man sieht, ich nenne die Dinge beim Namen. Und wenn ich »systematisch« sage, so wäge ich mein Wort in seiner absoluten Härte. Für den Fall, daß es unter euch welche gibt, die die Bedeutung des Begriffs »Ultimatum« aus einem verständlichen Vogel-Strauß-Reflex nicht kapieren, liefere ich ohne Umschweife ein typisches Beispiel: »Entweder er oder ich« oder »Entweder sie oder ich«, das sind Ultimaten. Man sieht, der Begriff »Ultimatum« schließt den des »Befehls«

ein, der auch nicht viel besser ist, nur daß das Ultimatum eine Bedenkzeit voraussetzt und der Befehl nicht. Man sieht weiterhin, daß das »Ultimatum« sich auch mit der »Erpressung« überlagert, die ebensowenig taugt, abgesehen davon, daß die Erpressung an eine Bedingung gekoppelt ist (»*Wenn* du ihn/sie nicht verläßt, bringe ich mich um«), während das Ultimatum keine Bedingung stellt, sondern eine aufgezwungene Wahl mit sehr kurzer Bedenkzeit ist. Ich erörtere diese Unterschiede, um meinem wissenschaftlichen Geist zu genügen, aber man muß wissen, daß ihr mit dem Moment, wo der Druck solche Grade erreicht, sei es nun Erpressung, Ultimatum oder Befehl, auf jeden Fall verloren seid wie ein Dampfkessel, der 3,5 Bar Druck und 95 Grad Temperatur überschreitet. Mit dem Unterschied, daß der Kessel ein Sicherheitsventil, das sogenannte »Klappventil«, besitzt, der Mensch aber nicht, da wo es um unser Kernthema, die Liebe, geht. Gebt euch keine Mühe, nach einem Klappventil zu suchen, es gibt keins. Man sieht, ich gehe mit den Wahrheiten nicht zimperlich um, Ausflüchte sind nicht das Ziel dieses Ratgebers. In dem Stadium explodiert die Liebe.

Folgert daraus nun aber nicht, daß ihr euch erlauben könntet, es bis dicht an die Schwelle des höchsten erpresserischen Drucks zu treiben. Nein, denn ich sehe, daß ihr das Prinzip Wiederholung und Kadenz schon wieder vergessen habt. Laßt euch sagen, wenn ihr glaubt, ihr könntet alle Tage einen Brief schreiben oder jeden Abend das Wesen anrufen, das ihr liebt, dann irrt ihr gewaltig. Nach fünf Monaten in dem Rhythmus (ich rede nicht von den ersten sechs Tagen, wo in der schwammigen Euphorie alles oder fast alles erlaubt ist, auf den Begriff Euphorie komme ich noch zu sprechen), nach fünf Monaten also explodiert der Kessel in ganz gleicher Weise. Und ein Anruf alle zwei Tage, fragt ihr in eurer Begriffsstutzigkeit? Mit einem Anruf alle zwei Tage verdoppelt ihr eure

Überlebenszeit lediglich. Nach neun Monaten in dem Rhythmus, abzüglich der sechs euphorischen Tage, nach 35 Wochen also (und ich werfe nicht mit beliebigen Zahlen um mich) explodiert der Kessel. Ich habe euch die Formel gegeben, ausrechnen könnt ihr selber, ihr seid groß genug. Bei einem Anruf alle vier Tage fliegt euch die Liebe binnen fünfzehn Monaten minus 6 Tagen um die Ohren. Vergeßt bei euren Berechnungen auch die *Exponentialfunktion* nicht: je länger die Zeit, desto stärker die Druckwirkung, weil sie einer ansteigenden Kurve folgt. Ich will euch das gern erklären, aber ich sehe, ihr strengt euch überhaupt nicht an. Zwar bin ich mir bewußt, daß ich euch hier blitzblatz ziemlich grausame Wahrheiten über die Liebe vorsetze, aber ich habe euch von Anfang an gewarnt, und wenn ich es tue, so nur zu eurem Wohl: Besser ein Tiger in der Ebene als eine Schlange unterm Gras. Nun denn, zur Exponentialkurve der Druckwirkung: Wenn man euch mit einem Hammer einmal auf den Finger haut (hör weg, mein Junge, Mama dreht manchmal auf und sagt die Dinge ein bißchen kraß), tut es weh. Haut man euch zweimal auf den Finger, tut es doppelt weh, plus einem Tausendstel Schmerz, der nicht ins Gewicht fällt. Haut man euch aber fünfzehnmal mit dem Hammer auf den Finger, tut es nicht fünfzehnmal, sondern 127,4mal so weh, und das ist keine aus der Luft gegriffene Zahl. Der Beweis ist, wenn man euch 200mal auf den Finger haut, tut es nicht 200mal so weh – ihr habt einfach keinen Finger mehr, das ist alles (hör nicht her, Junge, das ist ein Gespräch unter Erwachsenen). Alle, die wie ich, die ich weder Kälte fürchte noch Gefahr, diese Exponentialerfahrung gemacht haben, wissen das. Denn Druck ist nicht unendlich wiederholbar, darum das Prinzip Explosion und Schluß. Kein Finger mehr, keine Liebe mehr. Also verschätzt euch nicht, beachtet ja diese ansteigende Kurve, sonst riskiert ihr die Katastrophe. Ich will euch gern noch einmal auf die Spur helfen, indem ich von unserer Liste der Druckmittel ein Beispiel von mittlerer bis schwerer Wirkung wähle: den Vorwurf.

Der Vorwurf, müßt ihr wissen, und du kannst deine Ohren wieder aufsperren, mein Kind, die Hammergeschichte ist vorbei, der Vorwurf ist der komplette Blödsinn an sich. Man sieht, ich rede ohne alle Umschweife, sogar wo es um den Vorwurf geht, die auf Erden verbreitetste Ware samt dem Krieg, der ebenfalls kompletter Blödsinn ist. Aber so bin ich nun mal, ich packe den Stier bei den Hörnern, und nichts kann mich schrecken, ich biete der Welt die Stirn, die von Vorwürfen nur so dröhnt bis in die Unendlichkeit ihrer Fraktale. Wenn man sechs Milliarden Menschen rechnet, davon zwei Milliarden Erwachsene im vollen Besitz ihrer Druckmittel in Sachen Liebe (abzüglich der Mitglieder meiner Familie, die vermöge eines besonderen Genies so etwas wie eine unvergleichliche Vollkommenheit erreichen, genau wie ich selbst, sonst könnte ich diesen kleinen Ratgeber nicht schreiben), zwei Milliarden Erwachsene also, die sich durchschnittlich zwei Vorwürfe täglich machen, und da bin ich nachsichtig, ergibt das im Jahr eine Summe von 1460 Milliarden Vorwürfen auf der Erde, zu deren Behebung die wühlende Tätigkeit der Regenwürmer absolut nichts beitragen kann, auch der Schraubenzieher nicht. Das sind 730 Milliarden Liebesbeziehungen, die hopsgehen, und ich jongliere hier nicht mit willkürlichen Zahlen, ich habe Besseres zu tun. Das ist viel, und das jammert einen. Daher die Dringlichkeit dieses Ratgebers. Allein in der stolzen normannischen Gemeinde, die ihren schlammbespritzten Glockenturm über matschigen Wiesen erhebt, kommt man über einen Zeitraum von einundzwanzig Jahren zu der beeindruckenden Zahl von 385 geplatzten Beziehungen infolge dieses kompletten Blödsinns, welcher der Vorwurf ist. Das ist viel. Das ist enorm.

Warum der Vorwurf außer einem Druckmittel der komplette Blödsinn ist? Bleibt ruhig, ich verliere meinen Faden nicht, ich habe mein Gerüst sorglich im Blick und lasse es keine Sekunde aus den Augen. Bedenkt, daß der Vorwurf, im Unterschied zum Telefonanruf oder zum Brief, sich auf das Vorurteil stützt, man könnte jemanden in einen anderen verwandeln. Das ist, was man die *erlösende Liebe* nennt (eine Ausgeburt der schwammigen Euphorie), aber ich will euch nicht durch zu schwierige Begriffe abstoßen, ich habe versprochen, daß dieser Ratgeber verständlich sein würde, und ich bin nicht die Frau, die ihr Versprechen nicht hält. Zumal ich damit rechne, daß meine drei Neffen sich die Lehrsätze dieses Büchleins zu eigen machen werden, und der jüngste ist erst zehn. Ich weiß nicht, ob ich euch schon von meinen drei Neffen erzählt habe, die jeder ihr besonderes, wenn auch sehr unterschiedliches Genie besitzen, der eine im Bewegungsdrang, der zweite in überlegter Schläue, der letzte in vitaler Mitteilsamkeit, aber ich will euch nicht mit meinen familiären Problemen belasten. Sei so nett, mein Sohn, und mach ein bißchen Platz auf der Bank, damit auch deine Vettern meiner Lektion lauschen können, es wäre sehr freundlich von dir, aber ich kenne ja dein unvergleichlich großmütiges Herz. Daß sich nur niemand beunruhigt, ich folge geradewegs meinem Faden und kann euch versichern, daß nichts, aber absolut nichts mich von ihm abbringen kann. Ich verlasse euch nur für eine Sekunde, um zu sehen, ob ich vielleicht eine Nachricht vom Mann meines Lebens erhalten habe, und bin im Nu zurück. Nein, es ist keine Nachricht da, und jetzt sinkt die Nacht über Paris, die Lichterstadt und Weltmetropole, und umgibt meinen Arbeitstisch mit der sogenannten »kompakten« Einsamkeit. Mit »kompakt« meine ich die Einsamkeit, der man *erliegt* und die ihrer Natur nach grundverschieden von der Einsamkeit ist, die man *wählt* und die ich die »heitere Einsamkeit« nenne. Keine Nachricht, aber regt euch nicht auf, da brauchte es weit mehr, um die Autorin dieses Werkes aus der Fassung zu bringen, glaubt mir. Obwohl ich dieses Schweigen nicht als ein sehr ermutigendes Zeichen ansehe. Aber ich bin nicht die Frau, die vor Widrigkeiten scheut, nein, mein Kleiner, so ist deine Mutter nicht. Und da ich andererseits keines der Druckmittel einsetzen kann, von denen ich sprach, aufgrund meines glücklichen Naturells wie auch meiner intensiven Meditation, bin ich außerstande, das Auftauchen so einer verdammten Nachricht oder so eines verdammten Anrufs irgendwie zu beeinflussen. Meinen Lehren im Fall des Busses getreu (man möge sich gefälligst erinnern, ich kann nicht alles wiederholen), *lauere* ich weder auf Nachrichten oder Anrufe, noch *starre* ich ihnen in irgendeiner Weise erwartungsvoll entgegen, und das ohne jede Ungeduld. Es brauchte wahrhaftig mehr als dieses Ausbleiben von Nachrichten, diese Nacht, die über Paris hereinsinkt, meine kompakte Einsamkeit und meine inzwischen aufgewachte Schwester, die jetzt auf der Suche nach Vergnügen und Ästhetizismus durch ihre Cafés zieht, um mich aus dem Gleis zu bringen, weiß Gott. Und gleich dem westfälischen Kaltblüter vor seinem Mistwagen trotte ich in kompakter und blendender Klarheit meinen Weg. Daran sieht man, welche ungewöhnliche Charakterstärke mir zum Glück von Geburt an innewohnt.

Und die Augen unbeirrt auf meine Gliederung gerichtet, sage ich, daß der Vorwurf, der ein Verhalten kritisiert, um ein anderes zu empfehlen, danach trachtet, den anderen in seinem Wesen zu ändern. Aber, und ich will nicht erst viel Worte verlieren, *man ändert den anderen nicht*, das laßt euch ein für allemal gesagt sein, das klärt die Frage von vornherein. Man kann den anderen nicht ändern, nicht um ein Jota ändert man ihn, und das ist eine erwiesene Tatsache, die ich an 6579 Subjekten überprüft habe, die in der Situation waren, von einem anderen geändert zu werden. Im Verlauf jener Nächte, die ich ohne Furcht vor Kälte noch Gefahr beobachtet habe, habe ich nur ein 6579maliges Scheitern festgestellt, und ich warte hier nicht mit willkürlichen Zahlen auf. Wenn jemand sich von selbst ändern will, viel Glück, das ist sein gutes Recht, und es kommt häufiger vor. Das heißt, in Wirklichkeit ändert er sich gar nicht, er wird nur mehr er selbst, aber ich möchte die Debatte nicht durch unerreichbare Vorstellungen komplizieren. Die Menschen ändern sich also aus eigenem Antrieb. Aber durch Antrieb eines anderen, nein, laßt, die ihr eintretet, alle Hoffnung fahren. Und deshalb sage ich ohne Furcht vor Kälte noch Gefahr, in der Liebe ist der Vorwurf eine komplett blödsinnige menschliche Erfindung, neben einigen anderen, die Liste ist lang. Wenn ich sie euch hier nicht nenne, um euch nicht zu entmutigen, dann zum einen, weil die Kinder zuhören, zum anderen, weil der Zweck dieses Ratgebers ja doch der ist, euch Hoffnung zu geben. Ich nähme es mir übel, wenn ihr an der Menschheit verzweifeln würdet, die ja zuzeiten ihr Gutes hat und zu anderen Zeiten auch anderes erfindet als kompletten Blödsinn. Man darf wahr und wahrhaftig Hoffnung in die Menschheit setzen, sowohl hinsichtlich der Philosophie als auch des Krieges oder der Liebe, ich werde nicht versäumen, euch bei Gelegenheit ein Wort dazu zu sagen.

Der Vorwurf ist also, außer daß er Blödsinn ist, ein Druckmittel der Stärke 6 bis 7, das heißt mittel bis schwer. Im Unterschied zum Telefonanruf, zum Brief oder selbst zur nachdrücklichen Bitte führt die Handhabung des Vorwurfs also mit wachsender Geschwindigkeit zur Explosion der Liebe, ich denke, ihr könnt folgen. Hinsichtlich der Druckstärke in Sachen Liebe wirkt ein Vorwurf alle 8 Tage wie ein Brief alle 2 Tage. Woraus folgt, daß ihr mit einem einfachen Vorwurf alle 2 Tage die Explosion des Kessels in einer sportlichen Zeit von 51 minus 6 gleich 45 Tagen herbeiführt. Mit einem Vorwurf pro Tag (was natürlich einige Phantasie verlangt, aber der menschliche Geist kennt in diesem Bereich, wie in dem des Krieges, ja keine Grenzen; und bei Phantasiemangel kann derselbe Vorwurf auch tagtäglich wiederholt werden, was ungefähr auf dasselbe herauskommt, ich will euch nicht mit Zahlen nach dem Komma langweilen), mit einem Vorwurf täglich also bringt ihr, immer unserer Exponentialkurve eingedenk, die man nicht aus dem Auge verlieren darf, im Zeitraum von 18,5 Tagen minus der 6 euphorischen gleich 12,5 Tagen alles zum Krachen, eine höchst beachtliche Leistung. Mit zwei Vorwürfen täglich, wenn ihr das durchhaltet, sitzt ihr in 6,25 minus 6 Tagen auf dem trockenen, das heißt also binnen sechs Stunden, nicht mehr, nicht weniger. Je stärker das angewandte Mittel, desto weniger oft muß es wiederholt werden. Mit einem einzigen Ultimatum verliert ihr in derselben Minute, da das Ultimatum ausläuft, alles. Mit einem einzigen Befehl verliert ihr alles sofort.

Ich denke, ich habe keine Mühe gescheut, euch die Ursachen und Wirkungen des fundamentalen Konzepts *trockener Sand* und der Ausübung von Druck auf einen anderen Menschen im Verhältnis zum Freiheitsinstinkt dieses anderen begreiflich zu machen, eben weil er seiner Natur nach ein halbflüssiges Objekt ist. Wundert euch also nicht, wenn ich sage »Halt!« und euch glühend rate, das ganze Köfferchen mit den Druckmitteln auf den Müll zu werfen. Ausnehmen wollen wir, denn wir sollten ja auch dem Mitteilungsbedürfnis des menschlichen Wesens und den erwiesenen Wohltaten der Rede Rechnung tragen, den Telefonanruf und den Brief, unter der Bedingung, daß davon vorsichtiger und reiflich erwogener Gebrauch gemacht wird, nämlich einmal Telefonieren in 20 Tagen und einmal Schreiben in 7 Wochen, wobei auf Unregelmäßigkeit in der Kadenz zu achten ist. Solltet ihr diese Dosierung überschreiten, bleibt euch nur mehr, euch die Seele aus dem Leib zu weinen, aber sagt mir dann nicht, ich hätte euch nicht gewarnt und aufs beste gewappnet. Ich sehe, mein Sohn und meine Neffen stimmen mir zu, und das ist ganz verständlich, denn der Kindheit ist eine Weisheit eigen, die sich im Erwachsenenalter nahezu gänzlich verliert. Ein Jammer. Ich komme später noch auf diese der Kindheit eigenen Tugenden zurück, die man um keinen Preis zu sehr zügeln darf (erinnert mich übrigens daran, daß ich euch von den Ameisen erzähle, ihr tätet mir einen Gefallen).

Ich sehe, ihr seid wie vernichtet durch den Verlust des Köfferchens mit den Druckwerkzeugen, an dem ihr so sehr gehangen habt. Ich weiß, das ist ein harter Schlag. Denn wenn man gar nichts tun kann, was soll man dann tun? Die Antwort ist, und ich sage es mit einem Wort: Nichts.

Mit diesem »Nichts« lege ich den Finger auf das zentrale Thema dieses Werkes, nämlich die Philosophie, nicht mehr und nicht weniger. Und gleichzeitig knüpfen wir mit diesem »Nichts« an das erwähnte Konzept »Energieersparnis« an, von dem ich weiter oben sprach, ihr seht, wie eins ins andere greift, wie ein straff gezurrtes Bund Stroh. Ich bin fest überzeugt, daß der Orang-Utan, dem ich zu meinem Glück in der futterreichen Ebene von Écaudart begegnen durfte, seinen Werkzeugkoffer längst in den heimatlichen Fluß geworfen hatte zugunsten des einen Salatkopfs. Ein Salatkopf, der alles andere als ein Salatkopf, eine Kopfbedeckung oder ein Konsumgegenstand war, vielmehr eine Lebensauffassung, ihr ahntet es, ich halte euch ja nicht für dumm und belasse es darum dabei.

Diese Geschichte mit den Ameisen (erinnert mich daran, daß ich sie euch erzähle, ihr würdet mir einen großen Gefallen tun) ruft mir unwiderstehlich das Thema Hummer ins Gedächtnis, über das ich einst viel gearbeitet habe, was gleichwohl nichts von einer Neurose hatte. Nur keine Panik, ich halte mich an meinen Faden und lasse die

Augen keine Sekunde von meinem Gerüst. Wenn ich sage »das Thema Hummer«, rede ich nicht vom Hummer als Objekt des Verzehrs, dieses Bändchen ist schließlich kein Kochbuch, sondern ein aphoristischer Essay über die Rätsel des Seins und ihre Lösungen. Rezepte, wie man einen Hummer zubereitet, findet ihr mühelos und massenhaft in etlichen anderen Werken, ohne daß euer Leben dadurch im mindesten geleitet und erhellt würde. Der Verzehr eines halben Hummers auf amerikanische Art, wenn er auch seinen Mann ernährt, hat noch nie irgendeinem Menschen eine Erleuchtung gebracht, das kann ich euch versichern, ich sah es mit eigenen Augen. Ja, mein Junge. Ich persönlich esse keinen Hummer, weil meine Mutter dagegen allergisch ist, aber ich will euch nicht mit meinem Familienkram belasten. Ich esse auch keine Garnelen, weil mein Bruder sie nicht verträgt, ob physisch oder moralisch, weiß ich nicht mehr (dennoch ist es nicht neurotisch), aber hier breche ich ab, die Geschichte meiner Familie geht euch nichts an, obwohl sie mit einem ganz eigenen Genie begabt ist, das allein schon die Abfassung einer dicken Monographie rechtfertigen würde. Übrigens nasche ich gern Crevetten, aber das war's auch schon in puncto Krustentiere. Was die Mollusken angeht, habe ich eine totale Blockierung, obwohl weder meine Mutter noch mein Bruder, noch meine Schwester dagegen allergisch sind. Mollusken stoßen mich einfach ab, und das kann ich umgehend erklären, denn weil ich kein Unterbewußtsein habe, ist bei mir alles kontrolliert, beherrscht, rational. Im Zuge meiner abenteuerreichen Studien lernte ich, daß die Auster rings um sich herum einen Kranz von Sehzellen hat (ob die Auster Rot sieht oder nicht, verdiente, erforscht zu werden, aber das ist hier nicht das Thema, ich bleibe bei meinem Gerüst). Und plötzlich wurde mir klar, daß ich unmöglich ein Tier roh hinunterschlucken kann, *das mich ansieht*. Durch die magische Kraft des Wortes vermochte ich sogar meine Zwillingsschwester auf ewig davon abzuschrecken, obwohl Austern in ihrer Kindheit immerhin eine ihrer Lieblingsspeisen waren. Meinen großen Bruder hingegen habe ich nicht davon abbringen können wegen dieses Ungestüms, das ihn für jedes Zuhören unempfänglich macht. Denn da, wo einer zuhört, ist Pause, und wo Pause ist, ist kein Ungestüm mehr, Ungestüm setzt ja einen ununterbrochenen Ausstoß von Äußerungen voraus. Die Folgen dieses Ausstoßes für das konkrete Leben und die Umgebung sind kaum vorstellbar, aber ich will euch nicht mit meinen Familienkrächen nerven. Diese Anspielung auf das fortwährende Redenmüssen führt uns geradewegs einerseits zum Problem der Ewigkeit, worüber ich mich, ohne mit der Wimper zu zucken, noch auslassen werde, andererseits zur befriedenden Macht der Worte, das heißt zum harten Kern unseres Werks, wie ich sagte, Krieg und Liebe und deren Lösung, jedem Schloß seinen Schlüssel, ich komme drauf zurück, wenn man mich bitte nicht bedrängen möchte. Man mag mir entgegenhalten, daß man Mollusken ja gekocht essen kann. Gewiß, das ist mir auch schon aufgefallen, möchte ich mal sagen, ohne euch zu nahe treten zu wollen, ihr braucht deswegen nicht gleich lauter zu werden. Aber tote Augen zu verdrücken, finde ich noch verwerflicher, als Augen zu verschlucken, die einen ansehen, es ist schlicht ein ethisches Problem. Das Kochen, wenn es um Mollusken und ihre Augen geht, ist doch nur mieser Notbehelf. Nun ja, wie ich bereits betonte, klägliche Listen, dürftige Resultate.

Nein, wenn ich das »Thema Hummer« sage, meine ich selbstverständlich das *Konzept Hummer*, wovon ihr noch nie gehört habt, und das ist kein Wunder, denn dieses Konzept entdeckte ich selber im zarten Alter von siebzehn Jahren und habe es bis zum heutigen Tag niemandem außer den Meinen dargelegt, was normal ist, die Familie zuerst. Doch in Anbetracht der universellen Tragweite dieses Ratgebers und der mir obliegenden Pflicht, während alle Welt sich rechts und links in die Büsche geschlagen hat, wäre es ein schwerer Baufehler, dieses Konzept zu übergehen, das von einzigartiger Erhellungskraft ist und geeignet, etliches Aufgeschobene einwandfrei zu klären. Eine Minute, ich will nur kurz in meine Mailbox schauen, ob der Mann meines Lebens mir eventuell eine Nachricht geschickt hat. Denkt aber bloß nicht, daß ich danach fiebere, es ist eine ganz friedliche, methodische Kontrolle.

Ja, ich habe eine, und um unserer Universalität zu dienen, kann ich euch ruhig anvertrauen, daß es, gelinde ausgedrückt, nicht das ist, was ich erhofft hatte. Der Mann meines Lebens, dem ich eine unvorstellbare Freiheit lasse (und ihr könnt sicher sein, daß er sie nutzt, daß diese Freiheit also nicht aus dem Fenster geworfen ist, und das ist schon mal sehr tröstlich), ist gleichwohl von einer ungewöhnlichen, von einem besonderen Genius zeugenden Strenge und macht sich den Spaß, mir durch tausend unvermutete Streiche und ganz besonders mit dieser Nachricht Steine in den Weg zu werfen. Ihr seht, wenn ich von Fiasko sprach, war das nicht übertrieben. Laßt euch durch diese Wendung aber nicht den Köhlerglauben nehmen, den ihr jetzt und immerdar an diese Sammlung der Widrigkeiten des Lebens und ihrer Gegenmittel hegt. Denn wie ich, glaube ich, schon mal sagte, müßte noch ganz anderes als diese unerfreuliche Nachricht kommen, um mich aus dem Konzept zu bringen. Denkt ihr etwa, mir zitterten jetzt die Hände, ein Knoten der Beklemmung stiege mir vom Solarplexus in die Kehle, meine Zähne wären aufeinandergepreßt wie in einem Schraubstock? Kein bißchen. Widrigkeit geht über mein kriegsbewährtes Herz hin wie der Zephir der Tundra über den Bunker in der Normandie (glaubt auch ja nicht, diese *Tundra* wäre eine fixe Idee von mir, dicht an der Neurose, kein bißchen. Ach, übrigens, erinnert mich an die Ameisen, es wäre mir eine unschätzbare

Hilfe). Nein, kein bißchen. Ich straffe mich, falls ich überhaupt im mindesten niedergeschlagen gewesen bin, was zu beweisen wäre, und ich wette, das könnt ihr nicht, doch regen wir uns nicht mehr als nötig auf, es ist sinnlos, zu schreien. Ich straffe mich und spare weise meine Energie, gemäß dem berühmten Konzept »Orang-Utan«. Ich straffe mich und nehme mein kurz aus dem Blickfeld geratenes Ochsenjoch wieder auf, ich erbitte mir lediglich ein paar Minuten Geduld, um dem Mann meines Lebens ganz cool zu antworten, der möglicherweise aufhört, der Mann meines Lebens zu sein (und den wir künftig einfach »den Mann« nennen wollen, nur zur Sicherheit, es ist besser so, wozu sich voreilig ereifern), um ihm also umgehend auf ein, zwei Punkte zu antworten, die mich auf die Palme bringen, das alles jedoch unter sparsamstem Einsatz meiner kostbaren Energie, die ich voll und ganz diesem Werk schulde.

So, das ist vollbracht, fünf Seiten insgesamt, eine Lappalie, und bildet euch bloß nicht ein, daß ich deshalb wankend geworden wäre. Die Straße harrt meiner, mit ihrem Karren voll kompakter Scheiße und Einsamkeit und ihrem Gaul im Geschirr, und das Ganze schleppe ich jetzt mit unverminderter Entschlossenheit weiter im Dienst der Menschheit. Ihr glaubt doch nicht etwa, daß ich, bloß weil EIN Kerl mich andauernd abblitzen läßt, darauf verzichten werde, mich in meiner Pein den sechs Milliarden mitfühlenden Menschen auf dieser Erde mitzuteilen. Sei ganz ruhig, mein Junge, so leicht bin ich nicht zu erschüttern, glaub mir. Für alle Fälle ist deine Mutter kraft ihres eisernen Chassis' von jeher überzeugt, daß man sie über alles liebt, selbst wenn man ihr das Gegenteil sagt, und das ist ihre große Stärke. Zuversicht, Narzißmus und Selbstvertrauen, diese Eigenschaften hatte ich zum Glück von Kind auf. Aufregung, Beklommenheit, Angst, Zweifel sind mir regelrechte Fremdwörter. Ich lache über Kritiken, Abfuhren und sonstige Ärgernisse. Kritik ist eine mindere Kunst, läppische Wichtigtuerei, um ein bißchen Hochmut abzulassen, der sich durch die Magie meiner Worte verunsichert fühlt. Abfuhren sind Spreu im Wind, Unterhaltung für Schwächlinge, über die ich nur lachen kann. Was zählt, ist der Boden, die Erde, der feste Grund, darauf ruht mein Blick. Ebenso wie auf meinem Gerüst, keine Sorge also, daß ich das Konzept Hummer inzwischen vergessen haben könnte. *Ich vergesse nichts*, das sei ein für allemal gesagt, es spart uns allen Zeit, und wie gesagt, Energiesparen ist lebenswichtig. Ich warte nur auf einen Anruf meiner Schwester, während ich weiter mit euch plaudere, um sie augenblicklich über die letzte Mail des Mannes zu informieren und ihre Künstlermeinung dazu zu hören, aber es hat überhaupt keine Eile, glaubt mir.

Ich hoffe, ihr wißt alle, wie ein Hummer ungefähr aussieht, das erspart uns ebenfalls

Zeit, und euch allen ist auch klar, daß dieses Tier, das zur Klasse der Krustentiere gehört (auf keinen Fall mit den Stachelhäutern und den Rundmäulern zu verwechseln, denn der Hummer ist ein Gliederfüßer wie die Spinne, richtig, aber ich will euch nicht mit meinem ewigen wissenschaftlichen Denken langweilen), einen Panzer von einer Festigkeit besitzt, die über jede Prüfung erhaben ist, von den Scheren ganz zu schweigen. Ich sehe, bei »Scheren« kehrt eure Erinnerung wieder, und ihr fangt an, das Tierchen vor euch zu sehen. Was ihr dagegen wohl nicht wißt, ist, daß der Hummer, weil er vor allen Bedrohungen des Lebens so fabelhaft geschützt ist, sich den ganzen Tag einen Lenz macht, ohne sich um seine Verfolger zu kümmern. Kaum daß er, wie etwa der Löwe, wacht. Um genau zu sein, er wacht nicht mal, er pfeift auf alles, schiebt in den Wassertiefen eine ruhige Kugel, stopft sich voll und kopuliert zu festen Zeiten mit höflichem Gleichmut, ohne Furcht vor Kälte noch Gefahr, noch vor Pottwalen, noch vor Seesternen, Nachtfaltern oder Gasflaschen, also vor rein gar nichts. Natürlich kommt man da ins Träumen. Aber kaum sehe ich eure neidischen Mienen, ziehe ich schon die Alarmglocke und schreie: »Haltet ein, ihr Unglücklichen!« Denn dank seiner Natur und seinem jeder Prüfung gewachsenen Panzer hat sich der Hummer seit dem Karbon kein Jota geändert, seit sage und schreibe 250 Millionen Jahren, großzügig gerechnet. Und wenn ich 250 sage, greife ich keine Zahl aus der Luft. Das müßt ihr euch mal vorstellen: So, wie ihr den Hummer kennt, war er und wird er immer sein. Der Hominide dagegen, erst vor vier Millionen Jahren in einem erbärmlich unvollkommenen Zustand aufgetaucht, der Hominide, jeglicher Vorteile bar, ausgestattet mit fünf Sinnen, einer kläglicher als der andere im Vergleich mit denen des erstbesten Insektenfressers, ein schlechter Läufer, schlechter Fährtenleser, schlechter Schwimmer, schlechter Kletterer, mit weicher, verletzlicher Haut, ohne jede Verteidigung, Krallen, Hörner, Hufe, kurzum, der Hominide, das erbärmlichste aller irdischen Geschöpfe, dem keine Wehr zu Gebote stand und das selbst dem feigsten Verfolger zur Beute werden konnte, durchlief in Rekordzeit eine atemberaubende Entwicklung bis hin zu dem vollendeten animalischen Stadium von heute, ich spreche vom Menschen. Denn in Schrecken versetzt durch die tausend Gefahren, die ihm drohten, mußte der Hominide sich schleunigst anpassen, um zu überleben, und da ging er sicher nicht gerade zimperlich vor, glaubt mir. Auf seinem einsamen, mit Hinterhalten gespickten Weg richtete er sich auf, befreite seine arbeitsamen Hände, erleichterte seinen gedankenschweren Nacken, entfaltete die ganze Macht seines Hirns und bot der Welt die Stirn mit seinem großen, das Universum beherrschenden Kopf, der voller Ideen und Ausflüchte steckt. Man weiß nicht, ob er das Beste aus sich gemacht hat, aber die Fakten sind unabweislich: übermäßiger Schutz gleich Hummer gleich Unveränderlichkeit gleich Stagnation; Auseinandersetzung mit Gefahren gleich Hominide gleich Bewegung gleich Evolution.

Das ist das schöpferische Konzept »Hummer«, und wir sehen, daß wir hier den Finger auf einen Kernpunkt unseres Themas legen, in Sachen Liebe wie in Sachen Philosophie. Die Wahl steht jedem offen, ich muß euch nicht vorschreiben, wofür ihr euch entscheiden sollt, so ungeheuer groß ist mein Respekt vor der Freiheit des anderen.

Wenn ihr beschützt, behütet, abgesichert, abgeschottet von einem dicken Panzer aus Prinzipien leben wollt, müßt ihr wissen, daß euer Weg euch kaum Überraschungen, Veränderungen, Wandlungen und allerhand Überdruß bieten wird, dafür aber keine Risiken und keine Ängste, denn so ist das Leben, daß es auf einer Seite gibt, was es auf der anderen nimmt.

Wollt ihr hingegen Bewegung, Wechsel,

Anpassung, Geschmeidigkeit, also alle möglichen Umbrüche und Umstürze, dann weist jeden Gedanken an Zuflucht weit von euch und macht euch drauf gefaßt, daß immer, und immer unvorhersehbar, das Chaos droht, denn so ist das Leben, daß es auf einer Seite nimmt, was es auf der anderen gibt. Hier könnte man die politischen Entscheidungen der Menschen aufs Korn nehmen, die unveränderlich nach dem »Konzept Hummer« verfahren, aber ich möchte keinen vergrätzen, diese Aphorismensammlung will ja nicht Vorschriften, sondern Rat geben. Und dabei bleibe ich, ist die Versuchung auch noch so groß. Denn wenn am Ende dieses Bandes die ganze Menschheit nach meinem Bilde beschaffen wäre, würde ich mich gewaltig langweilen, wo doch die menschliche Verschiedenheit ein so reicher Quell der Freuden wie der Kräche ist, schlimmer noch, ich fände keine Feinde mehr, und dann stände ich ganz schön dumm da. Also macht, wie ihr wollt, und nebenbei bemerkt, wünschte ich mir, meine Schwester würde endlich anrufen, damit ich sie über jene unerfreuliche kleine Nachricht informieren könnte, doch es hat überhaupt keine Eile, ich rege mich deswegen nicht auf und spare meine Energie. Aber ach! Meine Schwester, meine eigene Zwillingsschwester, mit der ich neun Monate lang das enge Gehäuse ungetrübter Glückseligkeit teilen durfte, irrt zur Stunde, da ich zu euch spreche, von einem ihrer Cafés zum nächsten auf der Suche nach irdischer und ästhetischer Nahrung, ohne im mindesten zu ahnen, daß ich eine, gelinde gesagt, unerfreuliche Nachricht erhalten habe. Aber sorge dich nicht, mein Junge, Mama läßt sich nicht unterkriegen, über solche Widrigkeiten lacht sie nur, und was dich angeht, schlaf du weiter den Schlaf des Gerechten, während ich zu deinem Nutzen dieses Buch schreibe, so wie der Ochse im Joch seine verdammte Dreschmaschine zieht. Ein Ding, das auf der Ebene von Écaudart »Mähdrescher« heißt, vielleicht wißt ihr das, denn das spart einem einerseits Zeit und rettet einem andererseits die Ehre in dem wahrscheinlichen Fall, daß ihr auf einen unvertrauten vietnamesischen Taxifahrer trefft, der sich mit landwirtschaftlichen Maschinen auskennt, vom französischen 19. Jahrhundert ganz zu schweigen. An dem Tag werdet ihr mich segnen, ich weiß.

Darum, denn ich lasse den Blick nicht von meinem Gerüst, steht es euch frei, euren Weg in voller Kenntnis der Dinge zu wählen, Hummer oder Hominide (die große Alternative, die ich ab jetzt mit der Formel H/H abkürzen werde, um Energie zu sparen). In der Liebe geschieht es sehr oft, daß der Mensch sich vor eine solche Wahl zwischen Schutz und Risiko gestellt sieht. Und dann weiß er vor Schreck nicht aus noch ein. Dieser Ratgeber klärt euch auf und leitet euch: Eine stabile Ehe, mit der Verpflichtung zur Liebe auf Lebenszeit (auf das Konzept »Liebe fürs Leben« kommen wir noch zurück, und zwar bald), mit einem stabilen Wesen an einem stabilen

Ort, für dessen Unveränderlichkeit eine stabile Stellung bürgt, die eine psychologisch stabile Nachkommenschaft ermöglicht, ist natürlich eine schreckliche Versuchung. Wissen müßt ihr indes, worauf ihr euch da einlaßt: auf *Stabilität*. Das Wort ist ausgesprochen, es ist brutal, dessen bin ich mir bewußt, aber ich habe euch von Anfang an gewarnt, daß ich in diesem Buch kein Blatt vor den Mund nehmen werde. Abgesehen vom täglichen Hin und Her also kein Risiko, keine Überraschung, keine Unruhe, mithin kein Stachel, mithin kein Begehren, also mittelfristig auch keine Liebe mehr. Das Prinzip Stabilität hat die gleichen anästhesierenden Wirkungen wie die Überdosierung, von der ich weiter oben sprach, ihr seht, wie eine Masche in die andere greift und alles säuberlich verknüpft ist wie ein straff gezurrtes Bund Stroh. Stabilität zerbröselt die Liebe zu sanftem Staub, langsam, aber unausweichlich, darüber muß man sich im klaren sein, und verwandelt sie in trübsinnige Gleichgültigkeit oder in zärtliche Freundschaft, was in den gegenwärtigen Zeiten bestimmt nicht zu verachten ist. Dafür Sicherheit, Schutz vor Verfolgern, ein ruhiges Gemüt und keine kompakte, sondern heitere Einsamkeit, gelegentlich.

Die Alternative schicke ich gleich hinterher, schließlich habe ich noch einiges zu tun, und das Ganze ist am 22. des Monats abzugeben: also freie Verbindung mit einem instabilen Wesen, ohne Liebesverpflichtung auf Lebenszeit, im Gegenteil, an wechselnden, eventuell getrennten Orten, jeder unter seinem Dach, mit lauter instabilen Jobs, dementsprechend chaotischen Einkünften und einer durch die ständig wechselnden Personen, Dinge und Räume möglicherweise destabilisierten Nachkommenschaft. Dafür absolute Autonomie, volle Selbstbestimmung, Entwicklungen, Bereicherungen, Überraschungen, Wandlungen, Staunen. Die Versuchung ist groß. Aber ich sage »Halt!«, macht euch klar, worauf ihr euch einlaßt: die *Instabilität*.

Das Wort ist hart, ich weiß. Aber wir sind hier nicht, um Haare zu spalten, sondern um ein für allemal die Geheimnisse des Lebens und besonders der Liebe und der Philosophie zu ergründen, und ich habe nicht vor, unterwegs einzuschlafen. Instabilität, jawohl, mit ihrem ganzen Gefolge von Bangen, Leiden und Freuden, kompakter Einsamkeit, Verlassensängsten und folglich Bitten, Flehen, Forderungen und dem ganzen Koffer der Druckmittel (erinnert euch, für Wiederholungen haben wir keine Zeit mehr). Sobald dieser fatale Koffer auftaucht, ist die Liebe in Gefahr und wir mithin auf dem Weg, sie zu zerstören.

Ihr seht also, die Wahl ist groß und üppig: Stabilität, und ade Liebe. Instabilität, und Liebe ade. Man zögert. Man zaudert.

Hofft nicht auf das Unmögliche, einen Mittelweg gibt es nicht, entweder eins oder das andere (auf den phantasmatischen Begriff »goldene Mitte« kommen wir noch zurück). Die Wahl ist schwer, aber so ist das Leben, im einen wie im anderen Fall.

Denn vergeßt nicht, die Natur selbst, und nicht ich, hielt es für gut, den Hummer wie den Hominiden zu erschaffen und beide leben zu lassen. Denn das Leben besteht aus Extremen (und darauf komme ich noch, aber erinnert mich doch daran, euch ein Wort über die Ameisen zu sagen, ich wäre euch überaus dankbar).

Ich sehe, ihr seid bestürzt, und das jammert mich. Quält euch nicht, ich führe euch wie der Zugochse mit seinem Jauchekarren auf den Weg der Erleuchtung. Es ist jetzt drei Uhr zwanzig in der Frühe, aber wie schon weiter oben dargelegt, werde ich mir keine Ruhe gönnen, bevor dieser verdammte Ratgeber nicht fertig ist, den mein Gewissen mir auf den Widerrist gehuckt hat, zumal ich auf einen Anruf meiner Schwester warte, wegen besagter leidiger Nachricht, die mich, je mehr ich sie vergesse, desto mehr nervt. Aber Künstler sind eben von ihrer Natur, ihrem persönlichen Instrumentarium und ihrem ästhetischen Gleichmut her gern geneigt, Lebensfragen auf später zu verschieben, genauso wie Einkaufen und das Aufräumen von Schränken. So daß meine Ungeduld, meiner Schwester diese leidige Nachricht mitzuteilen, kein Echo findet, nicht einmal per Gedankenübertragung, deren wir uns gelegentlich, ohne die Freunde zu stören, bedienen, denn für sie besteht ja keinerlei Dringlichkeit. Die besteht tatsächlich nicht und beschäftigt mich auch in keiner Weise, daher ziehe ich freiwillig einen Schlußstrich unter die Sache und denke nicht mehr dran. Gesagt, vergessen, es wäre doch noch schöner, wenn die blöde Nachricht von EINEM EINZIGEN Typ mich von meinem Kurs abbrächte. Werdet nicht unruhig, ich wache unaufhörlich über meinen Faden und entsinne mich sehr wohl, daß ich euch in einem Zwiespalt gelassen habe. Nebenbei bemerkt, wenn meine Schwester und ich auf dieses uralte Kommunikationsmittel der Zwillings-Gedankenübertragung zurückgreifen müssen, so weil meine eigene

Schwester das letzte Wesen in dieser Stadt Paris ist, das kein Handy besitzt, so groß ist ihr Hang, jedes plötzliche Ereignis abzuwehren. Denn plötzliche Ereignisse, besonders in Sachen Liebe, sind mit ästhetischer Versenkung und mit der Erarbeitung eines sorglich durchdachten Bildwerkes völlig unvereinbar. Der Einbruch von Ereignissen an sich wird vom Künstler als eine Geschmacksverirrung angesehen. Weshalb ich gezwungen bin, per Gedanken mit meiner eigenen Schwester zu kommunizieren, die sich durch ihre latente Unerreichbarkeit gegen meinen Eifer sperrt, die Dinge immer sofort zu regeln. Mein Bruder hat auch kein Handy, denn das einbrechende Ereignis wäre eine entschiedene Störung seines Ungestüms, und das kann er sich keinesfalls leisten. Bei meinem Bruder wirkt ein unerwartetes Ereignis wie ein Eimer Wasser auf einen Brand und ist für ihn so was wie schlechtes Benehmen. Dies nur, um beiläufig zu bekunden, daß ich in Dingen der Kommunikation mit meinen

Geschwistern manchmal ziemlich aufgeschmissen bin, aber möglicherweise verschafft die Ablehnung eines Handys ihnen etwas mehr Ruhe, denn es kommt hin und wieder vor, daß die Magie meiner Worte sie ermüdet, was ich ihnen nicht verübeln kann. Schließlich haben sie beide ihr eigenes Genie, genau wie meine Mutter, die den einmaligen Grenzfall darstellt, ein Handy zu besitzen und es nie einzuschalten. Was den Mann meines Lebens betrifft (ich nehme diese ein wenig pompöse Bezeichnung notgedrungen wieder auf, damit man ihn nicht mit dem »Mann« im allgemeinen verwechselt, was bedauerlich wäre), so besitzt er ein Handy, ein eingeschaltetes, aber er benutzt es nicht, um mich anzurufen, was wieder etwas anderes ist, und daran will ich lieber nicht denken. Nicht aus Feigheit, bestimmt nicht, denn ich blicke dem Leben voll ins Angesicht, aber ich habe ganz einfach mit diesem verdammten Buch zu tun, das bis zum 22. fertig sein muß. Man sieht also, daß ich in Sachen Kommunikation keinen großen Beistand erfahre, trotzdem aber von meiner Familie stumm ermutigt werde, unterstützt zudem durch den rührenden Schlaf meines Sohnes und meiner drei Neffen, die ganz friedlich schlafen, weil sie wissen, daß auf ihre Mutter und Tante Verlaß ist. Und als Vorbild der Beständigkeit und Tapferkeit spanne ich mich denn wieder ins Joch, um euch in der Finsternis des mysteriösen Lebens eine Furche der Erleuchtung zu bahnen.

Da schwankt ihr nun hilflos vor der Alternative »H/H«, die euch das Leben in Sachen Liebe bietet, aber schon sage ich: »Halt!« Beruhigt euch auf der Stelle, denn natürlich habe ich die Antwort, was dachtet ihr denn. Ihr zittert davor, eine Wahl zu treffen, das ist ganz verständlich. Und ich antworte euch ohne alle Umschweife, hört auf zu zittern, denn eigentlich habt ihr keine Wahl. Die Frage, die euch so sehr aufgeregt hat, stellt sich gar nicht mehr, das ist immerhin ein Trost.

Keine Wahl, richtig, denn das Leben sorgt dafür, euch einzuschiffen, wie es eurer persönlichen Natur entspricht, ohne nach eurer Meinung zum Weg der bewahrenden Stabilität oder der freiheitlichen Mobilität zu fragen. Zerbrecht euch also nicht mehr den Kopf, es geschieht von ganz allein, ihr braucht nicht mal darüber nachzudenken, was sehr bequem ist und Energie spart. Indessen zwingt mich die Redlichkeit, euch zu sagen, daß dies nur eine Etappe ist.

Denn der Weg der Stabilität bedeutet, wie unmißverständlich dargelegt, den lautlosen Zerfall der Liebe, ihre Verwandlung in höfliche Kameradschaft oder liebevolle Freundschaft.

Eins von beiden. Entweder ihr findet euch mit dieser Verwandlung ab, und da werfe ich keinen Stein auf euch, ist doch die Liebe eine Summe von Widrigkeiten und geradezu empörender Energieverschwendung. In dem Fall seid ihr in Sachen Liebe allerdings nicht mehr betroffen, gute

Reise, ihr könnt die davon handelnden Abschnitte in diesem Buch überspringen, um euren Geist frei zu machen für Fragen des Krieges, der Philosophie und andere Geheimnisse des Lebens (erinnert mich an die Ameisen, das wäre furchtbar nett von euch).

Oder ihr seid mit dieser Verwandlung nicht einverstanden und bringt aus Enttäuschung, aus unablässigem Liebesverlangen eure stabile Verbindung zum Platzen, um euch woanders umzugucken, oder ihr behaltet sie, schaut euch aber gleichzeitig um, was etwa auf dasselbe herauskommt, und sitzt dann in der zweiten beschriebenen Position, also Instabilität mit Freiheit und Ängsten, genauso auf dem trockenen. Mithin bleibt uns in der Liebe nur eine einzige Wahl, die aber schon nicht mehr Wahl heißen kann, sondern Verhängnis: *das Chaos*.

Nun sind wir alle schon viel ruhiger, der Horizont lichtet sich. Regt euch nicht mehr als nötig auf, ich halte meinen Faden und sage euch, was man über das Chaos wissen muß, aber bitte, hört auf zu drängeln. Alles zu seiner Zeit, die Ochsen im Joch ziehen ruhig ihre Bahn.

Ich öffne eine Klammer, einmal ist keinmal, um mitzuteilen, daß meine Schwester mich soeben aus einem ihrer Cafés angerufen hat, eine Folge der zahlreichen Gedankenimpulse, die ich ihr gesandt hatte, aber ganz ohne Dringlichkeit und Gedrängle meinerseits, keine Sorge. Und ihr werdet staunen, wenn ich euch sage, daß sie diese unerquickliche Nachricht überhaupt nicht tragisch fand. Dabei ist katastrophal gar kein Ausdruck dafür. Um ihre Reaktion in ihrer universellen Bedeutung recht zu verstehen, und einzig deshalb spreche ich darüber, nicht weil sie mein Zwilling ist, müßt ihr zunächst wissen, daß meine Schwester unstreitig ihr eigenes Genie besitzt. Daß sie nämlich aufgrund ihrer Natur und ihrer Berufung als Malerin, eher einen Schein von Leben als wirkliches Leben herzustellen, einen gewissen Hang zu mehr gemäßigten denn exzessiven Liebesbeziehungen hat.

Überhaupt fällt mir auf, daß es bei Künstlern, wie bei anderen Leuten auch, sowohl exzessive wie gemäßigte als auch genügsame Liebesbeziehungen gibt. Was mich wieder auf den Regenwurm bringt, das machtvolle Fundament des Konzepts Schein, der in Sachen Liebe sogar völlig genügsam insofern ist, als über seinen langen, weichen Körper männliche und weibliche Organe gleichmäßig verteilt sind, so daß er um jegliche Form von Liebe nebst Ärgernissen herumkommt und sich ohne jede äußere Hilfe ganz allein behelfen kann. Also keine Kopulation, keine Ängste und kein Krieg, mithin eine gewaltige Ersparnis von Energie, die er dem unaufhörlichen Wühlen und Belüften des Humus widmen kann, für uns die Riesenchance. Denn wenn der Regenwurm Liebesprobleme hätte, dann wären wir mit Sicherheit nicht da, wo wir auf dieser Erde sind. Nichts würde leben, nichts vorwärtsgehen.

Woraus klar wird, daß das Fundament des Lebens auf einem Nichts an Liebe steht, was einen zugleich jammert und nachdenklich macht. Wenn ich diese Dinge hier kurz anreiße, vergesse ich jedoch meine Schwester nicht, ich sage sogar, im Gegenteil. Denn voll beschäftigt, mit ihrem Pinsel das Universum des Lebens zu durchwühlen, um die *Wirklichkeit zu belüften*, anders könnten wir gar nicht existieren, sieht meine Schwester sich genötigt, sich die zerstörerischen Aufregungen der Liebe ein wenig vom Leibe zu halten, sie gelegentlich sogar abkühlen zu lassen und mal flugs in ihre Brieftasche zu stecken (ich meine, in ihren Krambeutel, denn meine Schwester, ihr ahnt es, besitzt ebensowenig eine Brieftasche, ein höchst faktisches Element, wie sie ein Handy besitzt). Es liegt also an ihrer Bestimmung als Künstlerin, daß sie solche Verdrießlichkeiten in der Liebe nicht weiter tragisch nimmt. Woraus ihr bei meiner Schwester aber nicht etwa auf Gleichgültigkeit gegenüber Gefühlen schließen dürft.

Es ist eben ihre Berufung, die ihr diesen notwendigen Abstand befiehlt und zugleich ihre Größe ausmacht. Bedenkt, wie der prähistorische Mensch, kaum daß er in seiner Höhle aufrecht stehen konnte, sich eines Pinsels bemächtigte, eine verspielte, ja geradezu wahnwitzige Beschäftigung, wenn man weiß, von welch tödlichen Gefahren er ständig umzingelt war, Säbelzahntigern, Höhlenlöwen, Mastodonten. Gewiß hat der prähistorische Mensch mitunter auch ein paar Pfeilspitzen geschnitzt, um sich jener Tierchen anzunehmen, aber sobald er auf seinen zwei ungeschlachten, nackten Füßen stand, hatte er nichts Eiligeres zu tun, als sich aus prähistorischem Marderhaar einen Pinsel zu machen, sich Ocker und Holzkohle zu reiben, und los ging es, an sämtlichen Grottenwänden, und nicht etwa irgendwie, glaubt mir, und ohne Furcht vor Kälte noch Todesgefahr. Was machte der prähistorische Mensch da? War das Zeitvertreib? Gammelei? Wichtigtuerei? Bestimmt nicht. Er durchdrang, durchwühlte die Wirklichkeit, die unfähig ist, sich von allein zu durchdringen, so wie der Humus. Mit diesen Galerien belüftete, weitete, durchdrang er sie, schuf er seinem Geist Luft, sich zu entfalten wie eine Pflanze, und machte das Leben lebenswert. Eine Lektion, über die man nachdenken sollte. Während ich mich mit euch unterhalte, ist es Tag geworden in der Lichterstadt Paris, der Tag ist sogar schon ein wenig fortgeschritten, und ich habe mir keine Pause gegönnt, nur ein Stück trocken Brot und Tee. Denkt aber nicht, daß dieser nüchterne Zustand meine Wachheit im mindesten beeinträchtigt. Ich folge unverdrossen meiner Furche. Und es wird Zeit, höchste Zeit, daß ich meine Schwester wecke, sowohl damit ein Rest an gesellschaftlicher Disziplin gewahrt bleibt, die sie zu mißachten pflegt, als auch damit sie mit ihrem Pinsel die stickige Dichte der Wirklichkeit durchdringt. Denn ebendeshalb sah meine Schwester ja mit so friedlichem Blick auf das unselige Chaos meines Gefühlslebens –

das darum jedoch nicht aufhört, mich zur Weißglut zu bringen.

Ja, mein Junge, so ist deine Tante, die mit ihrem Pinsel aus Licht den erstickend dichten Realismus um und um wühlt, und das ist der Grund, warum sie eine abnorme Menge Schlaf braucht, *urteile nie voreilig über einen anderen*, aus Prinzip nicht und vor allem, wenn es um deine Tante geht oder auch um deinen Onkel. Was meine Mutter angeht, so hat sie ihr eigenes Genie, von dem hier vielleicht schon die Rede war, ich weiß nicht mehr. In Liebesdingen nimmt sie gern eine abwartende Haltung ein, prüft die Sache aus reichlicher Distanz und so skeptisch, wie man die Flugschrift einer Sekte von Heilsbringern in Augenschein nimmt. Das kommt, weil meine Mutter, die über ein außerordentlich beständiges Gemüt verfügt, alle Dinge mit der hellsichtigen Schärfe eines Adlers auf seinem Horst, bei abgeschaltetem Handy, betrachtet. Von diesem Horst, wo sie mit der inniger Freude wohlgeratener Arbeit eine Brut von drei Adlerjungen ganz außergewöhnlichen Schlages aufzog, hat niemand sie je vertreiben können, und es denkt auch niemand daran. So daß immer alle wissen, wo meine Mutter zu finden ist, was sehr beruhigend ist, glaubt aber ja nicht, ich werde euch ihre Adresse verraten, die behalte ich für mich. Auf jenem Horst vermag nichts ihren Gleichmut zu trüben, auch nicht Liebe und Philosophie, ausgenommen nur ein paar Kleinigkeiten wie Fahrpläne, ausreichende Nahrung oder gewisse Logarithmen und rückläufige Geraden, die sie mitunter für ein paar Minuten zu beschäftigen vermögen. Das ist der Vorzug des *Konzepts Horst* und meiner Mutter oben drauf. Am besten sage ich euch gleich, daß diese Art Horst, gleich dem Gral, sich unter keines Rosses Hufen findet, vergeudet also nicht Jahre damit, das ganze Land auf vergeblicher Suche zu durchschreiten. Allerdings hat meine Mutter ihren Horst in dieser Osterwoche vorübergehend verlassen, um sich der Giebel

West und Ost der alten Familienferme in Villiers-d'Écaudart anzunehmen, ihrem zweiten Horst, von dem sie auch niemand je hat vertreiben können. Die Auswirkungen dieser schönen mütterlichen Unbeweglichkeit auf das praktische Leben sind in der Tat unbeschreiblich, aber ich will euch nicht mehr als nötig mit meinem Familienkram behelligen.

Vielleicht denkt ihr, ich hätte zwischen Abenteuer und Kommentar den Faden meines Gerüsts aus dem Auge verloren. Nein, ich blicke fest auf seinen Stützbalken, haltet mich nicht für eine dumme Pute, die sich durch ihre Familien- und Liebesprobleme von ihrem Ziel ablenken ließe. Das ist nicht meine Art, schreibt euch das ein für allemal hinter die Ohren. Ich entsinne mich genau, euch gesagt zu haben, daß die Suche nach Liebe nur auf einen Weg führen kann, das Chaos, und daß diese Auskunft an einem Wendepunkt der Argumentation euch echt erleichtert hat.

Wenn ihr dem Chaos ausgeliefert seid, den Ängsten, der Unsicherheit, die in so einer nie verläßlichen Liebe auf Schritt und Tritt lauern, passiert es ganz schnell, daß ihr fieberhaft nach eurem Köfferchen mit den Druckmitteln greift (für die Vergeßlichen wiederhole ich: Anruf, Brief, Bitte, Einladung, Nachfrage, Flehen, Beschuldigung, Vorwurf, nachdrückliche Bitte, Aufforderung, Klage, Vorladung, Verbot, Erpressung, Ultimatum und endlich Befehl, mit variablen Wirkungen gemäß den Parametern Wiederholung und Kadenz), in der unschuldigen Hoffnung, eure Beziehung durch ein paar gut angebrachte Beharrlichkeiten zu festigen. Ich hoffe, und in dem Punkt glaube ich sehr klar gewesen zu sein, daß ihr verstanden habt, daß jeder Gebrauch des Kofferinhalts ein fataler Irrtum wäre, mit Ausnahme, sagte ich, von ein paar sparsam vereinzelten Anrufen und Briefen. Jenseits davon kein Heil.

Doch faßt neue Hoffnung und vertraut mir blind, die ihr irrtet auf abschüssiger

Bahn, denn jedem Schloß sein Schlüssel, und ich will keinen Stein auf euch werfen, weil ihr ja diesen Ratgeber noch nicht gelesen hattet. Allerdings, *nachdem* ihr ihn gelesen habt, müßt ihr die Verantwortung für eure Rückschläge selber tragen, aber selbst dann werfe ich keinen Stein auf euch, wegen meiner glücklichen Natur, die mir gebietet, zu verzeihen und zu vergessen, und außerdem wegen meiner eigenen Rückschläge.

Sicher angehakt auf meinem Dachfirst, sehe ich im Moment zwei Möglichkeiten, und wenn ich »zwei« sage, ist das keine beliebige Zahl.

Entweder habt ihr das Köfferchen, Gott sei Dank, noch nicht angerührt, dank eurem außergewöhnlichen Charakter oder weil ihr immer wieder gezögert habt, sosehr es euch auch juckte. Euch sage ich, gebt der Versuchung nicht nach, rührt euch nicht, atmet, die Hände auf den Knien, durch den Bauch, fixiert einen Punkt an der

Wand, haltet durch, geht was trinken, aber faßt den verdammten Koffer nicht an. Was ihr dann tun sollt, fragt ihr mich? *Nichts.* Und mit diesem »Nichts« nähern wir uns auf Armlänge unserem zentralen philosophischen Abenteuer. Denn dieses »Nichts«, das nach nichts aussieht, ist das Nichts, das euch den Einsatz rettet, vertraut mir. Doch aufgepaßt, ich schreie: »Achtung!« Täuscht das »Nichts« nicht vor, genausowenig wie das Lockerlassen, wenn ihr auf den Bus (die Metro, den Einbaum) wartet. Denn ein vorgetäuschtes Nichts hört auf, ein Nichts zu sein, es verwandelt sich in ein falsches Nichts, das eben kein Nichts ist und sogar enorm. Ackert, gebt euch alle Mühe, und kultiviert dieses Nichts im Reinzustand, ohne Düngemittel noch künstliche Zusätze. Denn auf das echte Nichts kommt es an, weil es nämlich kein Nichts ist, sondern das Eigentliche. Noch einmal, regt euch nicht auf. Nichts machen in Sachen Liebe ist Fülle, wenn ihr dagegen alles macht, also wild drauflos agiert mit diesem unglückseligen Koffer, entleert ihr euch wie ein kaputtes Wasserrohr. Woraus sich ergibt, daß das Nichts das Eigentliche ist und daß Alles die Leere ist, was weiterhin erkennen läßt, daß ich in Sachen Philosophie nicht viel Federlesens mache. Dieses Nichts, das die Fülle ist, hat außerdem noch den Vorteil, daß ihr ungeheuer viel Energie spart, die euch an anderer Stelle von Nutzen sein wird, ohne sich jemals zu verbrauchen. Denkt immer an den Salatkopf, vergeßt ihn auf keinen Fall, er ist eure Rettungsboje.

Oder aber, und das ist unser zweiter Modellfall, ihr habt den verflixten Koffer bereits angerührt, und hier spreche ich für 98 Prozent von euch, was meiner Rede Allgemeingültigkeit verleiht. Dann ist Eingreifen dringend geboten (obwohl meine Schwester euch raten würde, sofort alles sausen zu lassen, aber meine Schwester ist meine Schwester, ein einzigartiger Fall aufgrund ihrer Wühlerei im Realen, und ich will euch nicht auch noch mit meinen Familiensorgen durcheinanderbringen). Wenn ihr in eurem unüberlegten Drang (denkt an den Regenschirm, an die menschliche Unbesonnenheit) schon bis zum Äußersten gegangen seid, damit meine ich Aufforderungen, Klagen, Vorladungen, Untersagungen, Erpressung, Ultimatum (ihr seht, ich lasse die beiden letzten Begriffe im Singular, was kein Zufall ist – ich habe ja kein Unterbewußtsein –, denn ein einziger Gebrauch eines dieser beiden Werkzeuge genügt, alles in die Luft zu jagen), dann kann ich nicht mehr für euch tun, als euch zu raten, beendet die Geschichte, und fangt noch mal von vorne an, zum Teufel, es ist doch nicht so, daß es auf der Welt an Männern und Frauen mangelte, aber ich weiß, das ist ein brutaler Rat, ich rede eben nicht drumherum. Wechselt die Geschichte, bevor der Kessel explodiert, dann behaltet ihr wenigstens schöne Erinnerungen. Sicherlich ist solches Entsagen nicht leicht, denn der Mensch ist nun mal von Katastrophen krankhaft fasziniert, er will mit eigenen Augen sehen, wie der Kessel explodiert. Egal, futsch ist die Beziehung in beiden Fällen, also fangt ganz von vorn an mit einem/einer anderen. Das ist drastisch, unbestritten, aber ich hatte euch gewarnt und habe darum ein gutes Gewissen.

Wenn ihr hingegen vor der *roten Linie* haltgemacht und das Stadium der nachdrücklichen Bitte noch nicht überschritten habt (was kein Ruhmesblatt an sich ist, ich gratuliere euch nicht zu eurer Weisheit, man muß eben wissen, daß ein Viereck nicht in einen Kreis geht), dann ist die Sache vielleicht noch reparabel. Ihr seht, ich versperre euch nicht den Weg. Die rote Linie trennt den (eventuell hysterischen, bestimmt aber lästigen) Flehenden vom Tyrannen oder von der Megäre, ein Status, den jeder annimmt, der von der nachdrücklichen Bitte zur Aufforderung übergeht, ein fataler Schritt. Für letztere kann ich, wie gesagt, nichts tun. Für erstere hingegen ist die Geschichte noch einzurenken, obwohl sie sich übel verrannt haben, das will ich nicht verheimlichen. Du siehst, mein Junge, wie kompliziert das Leben ist, und sei bloß vorsichtig mit diesem verdammten Koffer, aber sei unbesorgt, Mama kauft dir sowieso keinen. Obwohl auch ohne Koffer nicht immer alles läuft wie geschmiert, das wäre zu einfach, aber ich will euch nicht im voraus entmutigen, und übereilen wir nichts, indem wir alles in einen Topf schmeißen, schon gar nicht in Sachen Liebe.

Die Situation einrenken, ja, aber wie, wenn ihr schon eine Blödheit nach der anderen begangen habt, mit einer Wiederholung und einer Kadenz, die ich zwar nicht kenne, aber errate? Beruhigt euch, ich habe die Antworten in meinem Rucksack, sonst steckte ich nicht in diesem Werk wie der Ochse in seinem Gespann. Jeder Schraube ihren Schraubenzieher, jeder Kreide ihren Schwamm, jeder Fülle ihre Leere, womit ich das *Prinzip der Gegensätze* anspreche. Und genau das wollen wir benutzen, wenn ihr mir bitte auf der Spur der Erleuchtung folgen wollt, die ich euch, an meinen Ochsen gespannt, bahne.

Während ich mit euch über diese entscheidenden Ereignisse plauderte, habe ich einen zweiten kleinen, sechsseitigen Brief als Reaktion auf die unerfreuliche Nachricht losgelassen, die ich gestern vom Mann »meines Lebens« erhielt, falls ihr euch entsinnt (wir werden die offene Frage künftig regeln, indem wir »meines Lebens« in Gänsefüßchen setzen, um zu betonen, daß es sich da nur um einen Ausdruck, ein Symbol, eine Andeutung und nicht um eine Realität handelt, an die man am Ende noch glauben würde). Wenn auch in Eile geschrieben, ist dieser zweite Brief dennoch ein Meisterstück besonnenen Denkens, leicht im Ausdruck, aber durchdringend im Gehalt, zugleich fließend und erhellend, gerecht, redlich, ehrenhaft und streitbar, die geistige Öffnung bis an die Grenzen des Möglichen treibend, und ich muß gestehen, daß ich mir rasche und glückliche Ergebnisse davon erwarte, über die ich euch jeweils unterrichten werde: nicht daß mich das irgendwie nicht losläßt, sondern einfach zu didaktischem Zweck. Ihr werdet von ganz allein und auf die Dauer feststellen können, daß die unerfreuliche Nachricht von gestern weder die Kraft meiner Darlegung noch die Beständigkeit meiner Anstrengung auch nur um einen Deut vermindert hat. Das zeigt, wie weit ich über alldem stehe und daß ich mich bereite, in Sachen Liebe dem »Nichts« zu begegnen, von dem ich vorhin ohne Umschweife sprach. In Erwartung dieser gesegneten Stunde kreuze ich, ohne schlappzumachen, meinen Schußfaden und meinen Kettfaden und fahre mit aller gewohnten Unerschrockenheit fort.

Damit, sagte ich, habe ich das *Prinzip der Gegensätze* angesprochen. Denn wenn es einen Koffer der Druckmittel gibt (diesmal wiederhole ich nicht, wir haben schon genug getrödelt), gibt es, Gott sei Dank, auch einen Koffer der Gegenmittel. Und da ich schon von Gott spreche, erinnert mich doch daran, euch ein paar Worte über IHN zu sagen ebenso wie über die Ameisen, es wäre riesig nett von euch. Im übrigen kann ich das auch gleich machen, dann vergesse ich es nicht, und was getan ist, ist getan. Schon aber ziehe ich die Alarmglocke und sage: »Halt!« Soll sich doch jeder seine eigenen Gedanken über Gott machen, ich bin nicht da, euch etwas vorzuschreiben, sondern euch zu raten, so groß die Versuchung auch sein möge. Ich will lediglich die Mysterien des Lebens gründlich entwirren, und dabei bleibe ich, denn die Freiheit des einzelnen steht bei mir so hoch im Kurs, wie ihr euch gar nicht vorstellen könnt, vor allem die meiner Familie. Ich denke, es ist für alle klar, daß Allah, Gott und der Allmächtige ein und derselbe sind, was uns viel Zeit erspart, und das trotz der ebenso unnötigen wie grausamen Kriege, die sich die Menschheit seit zweitausend Jahren in seinem Namen liefert. Es wäre höchste

Zeit, daß das aufhörte, deshalb nehme ich auch kein Blatt vor den Mund, wenn ich bekräftige, daß es sich um ein und denselben Typen handelt und man sich folglich nicht gegenseitig totschlagen muß, es reicht für alle. Wenn wir aus den drei Monotheismen einen einzigen machen, haben wir das Terrain schon entschieden bereinigt und gleichzeitig enorm viel Energie gespart. Natürlich bin ich mir bewußt, daß diese heilsame Aufklärung die Kriege nicht beenden und daß der Mensch sich schnell wie der Blitz neue Feinde und neue Motive suchen wird, sogar neue Motive für dieselben Feinde, denn aufgrund seiner geselligen Natur hängt der Mensch innig an seinem Feind und wechselt ihn ungern. Kriege, die, wie schon gesagt (hier wiederhole ich mal, weil das Thema nicht ganz unwichtig ist), erst dann aufhören werden, wenn die Menschen anfangen, unaufhörlich miteinander zu reden.

In diesem Sinne bietet es sich an, auch aus allen Polytheismen einen Polytheismus zu machen, so offenkundig ist es doch, daß die Göttin Sequana, die die Römer anbeteten und die über den majestätischen Pariser Fluß, die Seine, meine ich, gebot, oder der Bantu-Gott B… (der Name fällt mir jetzt nicht ein, aber ich weiß ihn wieder, sobald ich ein Taxi mit einem vietnamesischen Chauffeur genommen habe), der in dem uralten Baobab der Savanne wohnt, ein und dasselbe sind. Ich lasse es bei diesen Beispielen, ihr seid keine Idioten. Was die orientalischen Religionen angeht, halte ich mich zurück, weil ich mich da schlecht auskenne, darüber rede ich erst, wenn ich wieder mal Taxi gefahren bin. Jedenfalls ist der Horizont nun schon angenehm gelichtet: ein einziger Monotheismus und ein einziger Polytheismus.

Weit mehr werdet ihr staunen, wenn ich an diesem Punkt nun noch vorschlage, aus dem ganzen Polytheismus und dem ganzen Monotheismus ein einziges großes Ding zu machen. Folgt mir treulich in allem Köhlerglauben. Betrachtet die christliche katholische Religion, und ich nehme dieses Beispiel, wie ich auch jedes andere wählen könnte, so groß ist meine Kenntnis auf dem Gebiet. Da ist nicht allein Gott anzubeten, sondern auch sein Sohn und der Heilige Geist und obendrein noch die Jungfrau Maria. Womit wir bei vier sind, was für einen Monotheismus, ich kann es nicht verhehlen, kein guter Anfang ist, mögen die mittelalterlichen Theologen auch noch so ausgefeilte Spitzfindigkeiten ersonnen haben, um diesen Widerspruch zu lösen, Spitzfindigkeiten, die ich gründlich kenne, aber ich will euch nicht mit meiner literarischen Kultur anöden. Zu diesen vier kommen 360 Kalenderheilige, sodann all die kleinen proletarischen Lokalheiligen, die nicht in den Kalender hineindurften, wie meine Schwester, mein Bruder und ich, zum Beispiel, aber ich bin ganz sicher, daß wir irgendwo unsere kleine Kapelle haben. Was sage und schreibe an die 600 Heilige ergibt zuzüglich der vier ursprünglichen Personen. Das sage ich nicht zum Spaß, ich habe in diesem Buch anderes zu tun, als zu witzeln. Betretet egal welche Kirche, egal welche Kapelle, geht egal welche Landstraße, besucht egal welche Quelle, und was findet ihr? Den Kult Gottes? Nein. Zuerst den Kult eines Heiligen. Somit sind Hunderte und Aberhunderte kleiner Götter übers ganze, mit einem Mantel aus Kirchen überzogene christliche Land verstreut. Was uns einen Monotheismus mit etwa 604 Köpfen beschert, und da bin ich noch kulant. Im übrigen weiß man, daß diese Heiligen und die Inbrunst, mit der das Volk sie verehrte, der Kirche viel zu schaffen gemacht haben. Kein Rauch ohne Feuer, den Wirrwarr sah sie durchaus, die Kirche. Und mit Recht: Wenn man sage und schreibe 604 Gottheiten hat, mit ihren Kulten, ihren Statuen, ihren Votivbildern, ihren Wallfahrten und ihren Prozessionen, spreche man bitte nicht von Monotheismus. Bleiben wir höflich. Reden wir von Polytheismus (bangt nicht um meinen Faden, ich halte ihn und weiß, daß ich euch in

Nöten zurückgelassen habe). So kann man, wenn man ehrlich ist, den Monotheismus und den Polytheismus zu einem einzigen großen Ding zusammenfassen, das wir die *Religion* nennen wollen. Damit klären sich die Verhältnisse schon recht angenehm. Der Mensch ist religiös, und so gewiß die menschliche Seele einzig und unteilbar ist, so gewiß ist es mit der Religiosität überall das gleiche, vom Tiki der Marquesas-Inseln bis zum heiligen Rochus und zu Thor (und wenn ich einen Gott der Wikinger nenne, so aus purem Zufall, denn ich habe kein Unterbewußtsein).

So, damit wäre dieses Terrain bereinigt, und es bleibt nur noch eine Sache zu debattieren, die Religion, und auch bei diesem Thema werde ich mich nicht auf Haarspalterei einlassen, man darf mich nur nicht zu sehr drängen. Ich sagte, ich wolle niemanden beeinflussen, und das ist wahr, was mich aber nicht hindert, meine Meinung zu äußern. Ich bin Skeptikerin, oh, und wie. Besonders wegen der Geschichte mit den

Dinosauriern. Da kommt Gott nach geduldigem Probieren über Hunderte Millionen Jahre endlich auf den Punkt (und ich finde, für einen Gott sind Hunderte von Millionen Jahren ein bißchen lang, aber jedem seinen Arbeitsrhythmus) und vollendet einen soliden Zweig, ich meine die Reptilien, die er leben und sich in noch mal rund 200 Millionen Jahren entwickeln läßt, bis sie eine vollkommene Form der Anpassung erreicht haben, ausgewogene Quoten von Fleischfressern und Pflanzenfressern, und sich harmonisch in allen Biotopen ausbreiten, Land, Meer, Luft, Sumpf, Wälder, Seen, Lichtungen usw. Vollkommen also, kein Grund zu meckern, es funktioniert. Aber was macht Gott mit einemmal, nach so vielen, Hunderte Millionen Jahre währenden Anstrengungen? Er ändert einfach seine Meinung. Es gefällt ihm alles nicht mehr, es macht keinen Spaß mehr, er will noch mal neu anfangen. Und mit einem Schlag, einem einzigen, innerhalb *ganz weniger Jahre* (darin war er schnell), ungefähr

63 Millionen Jahre vor unserer Ära, haut er alles kurz und klein, aber auch alles. Nach vierjähriger Verwüstung überleben ein paar mickrige Tierchen, denen er eine neue Chance gibt und aus denen er schließlich die Welt macht, wie wir sie heute kennen. Ohne viel Worte zu machen: Ich meine, ein Typ, der fähig ist zu bereuen, was er so geduldig erschaffen hat, und der aus einer Laune heraus alles in die Luft jagt, ist entweder ein Zauderer oder ein Verwirrter. Aber ein Zauderer oder ein Verwirrter kann nicht Gott sein. Entweder eins oder das andere. Konfrontiert also mit den Tatsachen und meinem wissenschaftlichen Denken getreu, erlaube ich mir, heftig an der Existenz Gottes zu zweifeln. Und das ist noch nicht alles. Ich verlasse euch nur einen Augenblick, um zu sehen, ob ich nicht eine Nachricht erhalten habe, aber nein, ich habe keine, und das ist, glaubt mir, absolut ohne Belang, denn ich beschäftige mich mit Gott, und der ist immerhin ein bißchen spannender als der Mann »meines Lebens«.

Das ist noch nicht alles, denn unter dem Vorwand einer eigentlich läßlichen Sünde, ich meine den sexuellen Akt, der sich aus einem ganz natürlichen Bedürfnis unvermeidlich ergeben hatte (ein Bedürfnis, das Gott selber geschaffen hatte, vielleicht wäre es Zeit, daran zu erinnern), hat Gott den Menschen gestraft und ihn seit Tausenden von Jahren in einer Scheiße ohnegleichen sitzenlassen. Alles hat er zugelassen, aber auch alles. Kriege, Hungersnöte, Grausamkeiten, Leiden, Ungerechtigkeiten, die Inquisition und was weiß ich noch alles. Daß er mal ein, zwei Tage grollt, na schön. Daß er sogar eine volle Woche grollt, bitte. Ich nehme es hin, ich begreife. Aber daß er seit nunmehr dreißigtausend Jahren grollt, da kann ich nur sagen, das ist nicht normal. Ein Typ, der seinem bevorzugten Geschöpf seit dreißigtausend Jahren grollt, ist ein Wirrkopf. Oder ein Sadist. Nun, wie gesagt, weil Gott von seiner Natur her nur vollkommen sein kann, kann er weder ein Wirrkopf noch ein Sadist sein. Das ist strikt unvereinbar. Daher kam ich seit meiner frühen Jugend und aufgrund meiner unerbittlichen Logik zu dem Schluß, daß Gott nicht existieren kann. Aber in dem Punkt (*und einzig in dem Punkt*, daß ihr euch nicht zu sehr gehenlaßt) gewähre ich euch Freiheit und werfe keinen Stein auf jene, die an ihn glauben wollen.

Wenn ich meiner Beweisführung und der Nicht-Existenz Gottes nun folge, sieht es tatsächlich so aus, als befänden wir uns in einer grauenvollen Scheiße, ganz allein gelassen im All, ohne daß einer auf uns herabsieht, ja uns noch nicht mal bestraft, und diese sinnlose Einsamkeit, die wir einem stupiden Wimperntierchen verdanken, das eines Tages auf den dämlichen Einfall kam, sich im dreckigen Wasser in zwei Hälften zu teilen, obwohl niemand nach ihm geklingelt hatte, ist geradezu entsetzlich. Wie ihr seht, sind wir damit bei der Metaphysik angelangt, die ich euch zu Beginn dieses Opus versprach, ich meine beim Sinn des Lebens, und ich komme darauf zurück, glaubt mir, schon bald. Aber in der Metaphysik wie in der Liebe schadet zuviel Drängelei, und so bleibe ich lieber bei meinem Tempo, den Blick fest auf mein Werk gerichtet.

Ohne Gott starrt die sinnlose Leere des Nichts uns mit ihrem toten Auge an, und diese Vision will uns kaum erträglich erscheinen. Doch mitnichten. Denn ich habe Antworten, seid unbesorgt, sonst hätte ich mich nicht ohne Furcht vor Kälte noch Gefahr in diesen Ratgeber gestürzt. Stellt euch einen Augenblick lang vor, es gäbe Gott und man würde vom Abenteuer des Lebens ins Paradies eingehen (von der Hölle rede ich nicht erst, da seid ihr noch mal gut weggekommen), was finge man dort an? Was finge man an da oben, zwischen Milliarden und Abermilliarden von Individuen, die man nicht mal kennt, weil sie lange vor uns gelebt haben, und was hätte man sich zu sagen? Wir haben in Villiers-d'Écaudart schon Mühe, uns mit den Leuten aus Éperville zu verständigen, was also sollten wir erst da oben machen, inmitten dieser erschreckenden Massen von unbekannten Toten, unter denen man von seinen Wurzeln unwiederbringlich abgeschnitten wäre? Werden wir nach Fähnlein logiert, nach genealogischen Gruppierungen oder wie es gerade kommt, unter Unbekannten? Ich bin schon nicht sicher, ob ich meinem Urgroßvater väterlicherseits begegnen möchte, der ein Mann ohne Herz und Skrupel gewesen sein soll, aber ich will euch nicht mit meinem Familienkummer erschlagen, nur, was sagt man erst zu Milliarden und Abermilliarden Unbekannten? Man freundet sich an, meint ihr. Schön, mag sein. Aber, um was anzufangen? Was fängt man an in der Ewigkeit, wo man keine Sünde begehen darf, nicht mit den anderen Karten spielen, nicht mit ihnen schlafen darf (denn da oben, müßt ihr wissen, stellen sich Liebesfragen gar nicht erst, darum, so SCHWER ihr an der Liebe hienieden auch leiden mögt, winselt nicht, hier habt ihr es soviel besser, und vor allem bringt euch nicht um, bloß nicht, falls es das Paradies doch geben sollte, man weiß ja nie), wo man nicht kritisieren, keine Revolution machen, nicht trinken, nicht essen, morgens nicht zu lange schlafen darf und anderes der Art. Und wenn man sich das dann ausgedehnt auf mehrere Milliarden Jahre denkt, stellt sich die wirkliche Frage: Was soll man da bloß anfangen? Eine Frage, die zehntausendmal mehr beängstigt als die unserer Verlassenheit im Nichts des Universums, die trotz allem ja auch ein bißchen was hat, etwas Aufregendes, Neugier Erweckendes (mit einem Hauch Heroismus, der nicht zu verachten ist). Statt dessen hat die Aussicht auf Milliarden Jahre in absolutem Nichtstun und ohne alle Freuden überhaupt nichts Aufregendes.

Ihr seht also, daß die Vorstellung des Nichts, so verzweiflungsvoll sie auch sein mag, es viel weniger ist, wenn man sich die Mühe macht, eine Minute in aller Ruhe über die Existenz des Paradieses nachzudenken. Zumal es euch, das sei nicht vergessen, nicht einmal sicher ist, und selbst wenn ihr zu eurem Glück um die Hölle herumkommen solltet, was nicht gesagt ist, geht ihr doch auf jeden Fall durchs Fegefeuer, und nach allem, was die erwähnten Spitzfindigkeiten darüber sagen, ist es noch weniger lustig als das Paradies. Also, Schluß mit den Klagen, wählen wir unverzagt das Nichts.

Wenn ihr indes unbedingt ins Paradies kommen wollt, so hindere ich niemanden daran, das sei klar zwischen uns, denn ich bin die Toleranz selber. Wirklich.

Jetzt, wo die Frage der Religion und der Wahl zwischen dem Nichts und dem Paradies entschieden ist (und ihr seht, es war halb so schlimm), fühlt man sich geistig gleich freier und saust mit verhängten Zügeln voran, anders gesagt, man klettert unser Gerüst aufwärts, das Auge auf den Dachstuhl gerichtet (übrigens scheint der Maurer mit der Reparatur des Westgiebels und des Ostgiebels fertig zu sein, was eine gute Nachricht ist, nur daß sich nun an der nördlichen Mauerflanke Feuchtstellen und Schimmelbefall zeigen, was mich weiterhin beunruhigt, aber ihr sollt euch deswegen keinen Kopf machen). Ich nütze diese Zäsur in der tadellosen Architektur meines Textes, um euch für eine Minute zu verlassen, einmal ist keinmal, ich will nur meine Mailbox durchsehen.

Es ist keine neue Nachricht da, und das überrascht mich, aber macht euch bloß keine Sorgen um mich, ich schwebe Meilen über solch mikroskopischen Zufällen des Lebens. Ich weiß genau, wo ich euch zurückgelassen habe, in Nöten. Das heißt, in Sachen Liebe in jenem Grenzbereich, wo man vielleicht noch was zurechtbiegen könnte durch das *gesunde Prinzip der Gegensätze* und mit Hilfe des Koffers der *Anti-Druckmittel*, der manch ein zum Reparieren geeignetes Werkzeug enthält, um also im besten Fall auszuwetzen, was ihr durch unbesonnenen Gebrauch eures Druckmittelkoffers vermasselt habt. Ich hoffe, ihr habt euch dieses Koffers entledigt, während ich über die Religion sprach, habt ihn, mit zwanzig Kilo Zement beschwert, in die Seine, den Nil, den Kongo, den Amazonas, den Missouri, einen Oasen- oder Gletschersee versenkt, je nachdem wo ihr gerade wohnt. Um diesen unglücklichen Koffer zu verschlingen, ist jedes Wasser gut, da sind wir nicht wählerisch. Und solltet ihr aus einer Gegend ohne Wasser stammen, wie es zum Beispiel und unter anderen die Ebene von Écaudart ist, so werft ihn in einen Kuhweiher oder eine Zisterne, das geht genauso, wichtig ist nur, daß er sich nicht mehr als Versuchung in Reichweite eurer Hand befindet. Du siehst, mein Sohn, wie radikal deine Mutter sein kann, aber sei versichert, daß es nur allen zum besten gereicht, wenn ich eine so drakonische Maßnahme befehle.

Beschäftigen wir uns nun gleich mit dem Koffer der Anti-Druckmittel, den ihr unter keinen Umständen in die Zisterne werfen dürft, verwechselt ihn beileibe nicht und bedenkt, was ihr tut, es geht um euer Glück in der Liebe, damit treibt man keinen Scherz.

Wenn ihr den Koffer mit den Anti-Druckmitteln nicht unter euren Sachen findet, so ängstigt euch nicht, das ist normal. Es kommt einfach daher, daß ihr keinen habt. Denn so gewiß alle Welt im Naturzustand den verdammten Koffer mit den Druckmitteln hat, sind jene doch selten, die zu ihrem Glück im Besitz des Koffers mit den Anti-Druckmitteln sind. Doch da ich mich wie schon seit der Grundsteinlegung unseres Gebäudes nicht an eine Kaste von Privilegierten wenden will, die sich ganz fix mit Helm und Maschinengewehr zu wappnen wüßten, um die gute Botschaft zu verbreiten, bestehe ich darauf, daß einem jeden auf dieser Erde die gleichen Mittel in die Hand gegeben werden. Wenn ihr den Koffer also nicht habt, seid nicht traurig, denn selbstverständlich weiß ich die Antwort: Macht ihn euch selber, dazu braucht man kein Künstler zu sein. Es erfordert Zeit, Geduld und Mühe, und hierbei wird euch all die Energie, die ich euch seit Anfang dieser freundschaftlichen Plauderei zu sparen anflehe, eine unschätzbare Hilfe sein. Denn der Anti-Druckmittel-Koffer läßt sich nicht mit einem Fingerschnipps bauen. Das dauert lange, es ist mühselig, es ist manchmal sogar entmutigend, zehn Meter kommt ihr voran, dreißig Meter rutscht ihr zurück, das will ich gar nicht verheimlichen, denn auf der Höhe der Wahrheit, zu der wir uns aufgeschwungen haben, halte ich es nicht für gut, euch was vorzumachen. Und wundert euch nicht über die Schwierigkeiten, auf die ihr stoßen werdet, denkt an das Konzept »Schlüsselring und Schlüssel«, wonach es unvergleichlich leichter ist zu lösen, als festzumachen. Dieser Akt geht also nicht ohne eine Spur Heroismus ab, weshalb ich weiter oben kurz darauf anspielte. Versucht auch nicht zu tricksen, indem ihr euch den Koffer zu Weihnachten wünscht, es ist verlorene Mühe, die Hoffnung töte ich im Keim, der Koffer kann nur von einem selbst hergestellt werden, mit den Materialien, die man sich mit der Spitzhacke aus der eigenen Seele schlägt. Womit wir das Kernthema berühren, die Philosophie; und was die Seele ist und woher die Ideen und der Koffer stammen, darauf kommen wir gleich zurück, aber drängle nicht, mein Junge, Mama kann nicht alles auf einmal, am Ofen sein und in der Mühle.

Um euch bei der Zusammenstellung eures Anti-Druckmittel-Koffers anzuleiten, zähle ich die zwanzig Hauptutensilien nach steigendem Schwierigkeitsgrad auf: Egoismus, Narzißmus, Faulheit, Disponibilität, Zerstreuung, Leichtsinn, Selbstvertrauen, Unabhängigkeit, Autonomie, kompakte Einsamkeit, Begreifen, was »Freiheit« bedeutet (als erstes »Freiheit« in einem x-beliebigen Wörterbuch nachschlagen), Nachlässigkeit, Geduld, Unbekümmertheit, Ungezwungenheit, Gleichmut,

Achtung des anderen, Vergessen, Teilnahmslosigkeit und Erlöschen jedweden Interesses.

Ich sehe an euren verstörten Mienen, daß der Inhalt dieses Koffers, der für euch doch so etwas sein soll wie die gute Fee, euch einen verdammten Schlag in die Magengrube versetzt, enthält er doch, von drei, vier Wörtern abgesehen, nichts als negative, übelbeleumdete Begriffe. Aber wenn ihr so denkt, habt ihr vollständig die Lektion Nr. 1 über das Konzept »Regenwurm« vergessen. Das ärgert mich, und ich sehe mich in der unangenehmen Pflicht, euch auf die aufmerksame Lektüre dieses Abschnitts zu verweisen, den ihr wohl ein bißchen schnell überflogen habt, weil ihr zu Unrecht glaubtet, ich machte mir einen Jux mit absurden Konzepten und Blödeleien. Ihr seht euren Irrtum ein bißchen spät ein. Nun, ich will nicht so sein und euch noch einmal, aber es ist das letztemal, sagen, daß die Dinge nie sind, was sie zu sein scheinen. So daß der verächtliche Ruf dieser Begriffe und der insgesamt abstoßende Aspekt des Kofferinhalts, genau wie der des Regenwurms, eben trügerisch sind. Genauso wie der Regenwurm, der unter seinem ekligen Anschein den Humus durch und durch wühlt, die Erde belüftet und ganz allein dafür sorgt, daß alles Leben sprießen und kräftig gedeihen kann, sorgen diese garstigen Begriffe (die ja Durchwühlungswerkzeuge sind) dafür, daß das Feld der Gefühle belüftet wird und daß die Liebe kräftig gedeihen und zu jeder Jahreszeit die reiche Ernte eurer Anstrengungen in eure dankbaren Hände legen kann.

»Anstrengung« sage ich, ein großes Wort, und schreie auch schon: »Halt, ihr Unglückseligen!« Wenngleich es euch beträchtliche *Anstrengung* kostet, den Inhalt eures Überlebenskoffers geduldig zusammenzustellen, darf diese um keinen Preis mehr sichtbar sein, sobald besagte Mittel zum Einsatz kommen. Denn jedes Werkzeug, das mit Anstrengung gehandhabt wird, verfehlt seinen Zweck. Es geht keinesfalls, daß ihr euch *anstrengt* bei der Zerstreuung, der Nachlässigkeit, der Unbekümmertheit oder der kompakten Einsamkeit. Das muß einfach schiefgehen wie der Westgiebel eines unerfahrenen Maurers, dem es an Praxis und Redlichkeit mangelt. Maurer muß man *sein*, und nicht den Maurer spielen, hier war bereits von Mimerei hinsichtlich des Busses die Rede, ich hoffe also, daß ihr mir mit wachsender Aufmerksamkeit folgt und euch klar darüber seid, daß ich durchaus nicht in der Tundra herumbummele. Nein, ich habe anderes zu tun, glaubt mir. Mit der Frage *Sein* oder *Nichtsein*, verbunden mit der verfänglichen Frage *Sein* und *Scheinen*, stoßen wir zu unserem zugleich philosophischen und poetischen Kernthema vor, über welches ich sprechen werde, sobald man aufhört, mich von allen Seiten zu bedrängen. Ich weiß wohl, mein Junge, trotz deines besonderen Genies, das umfassend ist, und deiner großen Schönheit sind die Fiebrigkeit und schnelle Ermüdbarkeit der Jugend dir nicht fremd, und du findest, daß Mama fürchterlich langsam macht, aber versteh bitte, daß deine Mutter nicht überall gleichzeitig sein kann, daß sie auf den Bau, den Zusammenhalt genauso achten muß wie auf den Ackergaul oder den Ochsen, der sich hier noch dazwischendrängt, auf den Mistkarren und den Mähdrescher und Gott und den Orang-Utan, aber auch auf deine Erziehung und darauf, ob du das Verb *audio* richtig ins Passiv setzen kannst, daß sie auch den Westgiebel und den Ostgiebel und die Nordmauer des Familienhauses nicht vergessen darf, ebensowenig die Milchvorräte im Kühlschrank und das Säubern des Badezimmers, das von Frühlingsameisen befallen ist (erinnert mich barmherzigerweise daran, daß ich euch dazu etwas sage), und auch meine Schwester und meinen Bruder und meine Mutter nicht, die ihr Handy mal wieder ausgeschaltet hat, noch meine Neffen und die Mail, die bestimmt auf mich wartet, von all der Arbeit ganz zu schweigen, die sich inzwischen angehäuft hat, also versteh bitte, mein Großer, daß Mama tut, was sie kann, und man sie nicht dermaßen bedrängen darf. Nur weil ein ungewöhnliches und mit besonderem Genie ausgestattetes Temperament ihr erlaubt, ohne die Hilfe irgendeines Unterbewußtseins dieser gigantischen Menge von Lebensrätseln beizukommen, mußt du nicht glauben, das sei leicht. Es ist leicht, aber unter der Bedingung, daß ich nicht gedrängt werde, ich denke, wir haben uns verstanden. Durch dich verliere ich noch meinen Faden, aber wenn ich so was sage, ist das natürlich ein Witz. Ich verliere meinen Faden nie, darauf könnt ihr bauen wie auf euch selbst.

Ich füge hinzu, daß der Inhalt des Koffers, der direkt an das Konzept »Regenwurm« anschließt, wenn ihr die zugehörigen Utensilien eins nach dem anderen prüft, an sich ebenfalls ein Modell *vitaler Energieersparnis* ist, und somit seid ihr deren Gewinner. Achtet darauf, daß nicht eins der Teile fehlt, das laßt euch gesagt sein, und darin bleibe ich unerbittlich: Der Koffer ist nur komplett wirksam. Wenn ihr das Werkzeug »Unbekümmertheit« erworben habt, aber nicht gleichzeitig die »Achtung des anderen«, lauft ihr glatt gegen die Wand, denn keiner wird euch lieben, und es geschieht euch recht. Oder wenn ihr das Werkzeug »Egoismus« (das einfachste, unterste auf der Skala) benutzt, ohne zu begreifen, was »Freiheit des anderen« heißt, rennt ihr in eine Katastrophe gleichen Typs. Ich warne euch also ernstlich: Ein schlampig geplanter und gepackter Anti-Druckmittel-Koffer bringt nichts als Kummer, werft mir dann nicht vor, ich hätte euch nicht gewarnt.

Ausgestattet also mit eurem *vollständigen* und von allem Schweiß der Anstrengung *gereinigten* Koffer, könnt ihr endlich frohgemut starten, und die Liebe kann euch in den Schoß fallen zum Lohn für die immense Mühe, die ihr auf euch genommen habt, eine Mühe, durch die man übrigens auch viele Kriege vermeiden könnte dank eines veränderten Umgangs mit dem »anderen«. Wie ihr seht, handelt es sich also um einen *polyvalenten* Koffer, nützlich zu vielerlei Zwecken, in Gefühlsdingen, in Fragen des Krieges und sogar der Philosophie (indem man sich über Sein und Scheinen bewußt wird). Mithin werdet ihr feststellen können, daß ich euch keinen Dreigroschen-Schund angedreht habe und daß wir im Begriff sind, unsere Angelegenheit ernsthaft und auf allen Gebieten abzuschließen.

In Sachen Liebe und in der verdrießlichen Situation, in die ihr durch eure Unkenntnis der Mysterien des Lebens und der Mechanik der halbflüssigen Körper geraten wart, wird der Einsatz dieser Werkzeuge die zuvor begangenen Patzer wirksam beheben, ungefähr wie ein Schwamm, der verschüttetes Wasser aufsaugt. Der Einsatz von »Nachlässigkeit« löscht die »nachdrückliche Bitte«, die Ausübung der »kompakten

Einsamkeit« wetzt Schäden aus, die durch »Flehen« verursacht wurden, Unbekümmertheit mildert den durch zu viele Telefonate angerichteten Knatsch, und so weiter, ihr könnt mir folgen, ihr seid ja nicht blöd. Vorsicht jedoch in puncto Wiederholung und Kadenz: Tausendmal wiederholter Egoismus, hundertmal bekundete Gleichgültigkeit können euch auf die Dauer jeglichen Kredit kosten. Bleibt liebenswürdig. Beachtet wie in allen Dingen die richtige Dosierung, und mit ein bißchen Übung werdet ihr gut bestehen in eurer Geschichte, in eurer kompakten Einsamkeit.

Was nun die Extremfälle angeht, erinnere ich daran, daß auch die perfekteste Uninteressiertheit euch nicht retten kann, wenn ihr zuvor in einem unbesonnenen Moment ein Ultimatum gestellt habt. Aber da ihr ja nun völlig uninteressiert geworden seid, pfeift ihr drauf, es bereitet euch keinerlei Leiden, und immerhin ist die Abschaffung des Leidens ja das Hauptziel dieses Werkes.

In anderen Fällen wird der *fortwährende* Einsatz der Uninteressiertheit (der alternativ oder konstant sein kann, das ist eine Lebensentscheidung) euch ohne jeden Zweifel dahin bringen, wie wahnsinnig geliebt zu werden, denn die menschliche Natur ist so beschaffen, daß sie gern das Unmögliche will. Aber dann pfeift ihr genauso drauf und greift zur Überdosierung, die wir schon behandelt haben. Gewiß ist eine Überdosierung, die euch den Zugang zu den eigenen Gefühlen verbaut, nicht unbedingt sehr ergötzlich, weil ihr dann selber nicht mehr wißt, ob ihr überhaupt fähig seid zu lieben, was euch gelegentlich etwas beunruhigen könnte. Doch wie dem auch sei, die Schattenseite der Überdosierung ist lange nicht so schlimm, als wenn man wehrlos ist, was manche, wie wir gesehen haben, zu hysterischen Ausschreitungen wie Erpressung und Ultimatum treibt. Auf dieser letzten Krisenstufe kann man sagen, daß niemand mehr sich selbst gehört und daß, wie es bei dem alten Engländer heißt, den ich hier zitiere, *die Mühle ihren eigenen Stein mahlt.* Was qualvoll anzusehen ist, denn sich selber mahlen schafft Leiden, und darüber mache ich keine Witze. Wohingegen die durch Überdosierung uninteressierte Person sich voll und ganz gehört, auch wenn sie schon nicht mehr weiß, wer sie ist, denn so ist das Leben, daß es auf einer Seite gibt, was es auf der anderen nimmt. Gleichwohl erkennt man an diesen Extrem-Beispielen, daß der Besitz des Anti-Druckmittel-Koffers unendlich vorteilhafter ist als der des Druckmittel-Koffers. Denn im schlimmsten Fall kann zwar der erste euch durch Ausschaltung eurer Gefühle ins Nichts führen, der zweite jedoch kann ins Nichts führen durch die komplette Aushöhlung eures Verstandes. Es gibt also das eine Nichts und das andere, aber das erste ist dem zweiten bei weitem vorzuziehen. Ihr seht, daß wir hier auf eine wesentliche philosophische Frage stoßen, nämlich daß es zweierlei Nichts im Leben gibt, deren eines aus Fülle und das andere aus Leere besteht. Zögert auf keinen Fall, entscheidet euch für das erste.

Doch ich will die Behandlung des Hauptthemas, besonders weil es um die Liebe geht, von der wir viel erwarten, nicht einfach mit diesen zweierlei Nichts beenden, denn ich will euch nicht traurig zurücklassen. Wißt also, daß man, gehörig ausgestattet, wie ich es geraten habe, und versehen mit den Rezepten, die ich euch biete, eine sehr reale Chance hat, ein bereicherndes und lustiges Gefühlsleben zu führen, unter der Bedingung freilich, daß man sich vor den Extremen hütet und nichts überstürzt. Unbedingt aber solltet ihr euch jede Seite dieses Ratgebers gründlich einverleibt haben (begebt euch nicht in die Praxis, ehe ihr dessen nicht sicher seid), dann könnt ihr überlegen und aus eurem eigenen Genie heraus handeln, ich vertraue euch blind, ihr seid ja nicht leichtsinnig. »Lustig« sage ich, denn der Erwachsene ist nur allzu geneigt, dieses fundamentale Bedürfnis der Kindheit zu vergessen, vor allem wenn es um Liebe und Philosophie geht, für deren Ausübung es entscheidend ist. Meine Mutter hat das voll begriffen, sie kann sich auf ihrem Doppelhorst mit einfachen Natriumchlorid-Formeln amüsieren, aber lassen wir meine Familienprobleme.

Bedenkt, daß ein Kind, wenn es euch schreibt, seinen Brief immer mit einem »Und viel Spaß« beschließt, was euch verwundert und ein Lächeln entlockt. Und warum? Weil ihr diese Kleinigkeit, das Vergnügtsein, in den Wildwassern des Daseins habt sausen lassen. Aber von seiner Natur und seiner ursprünglichen Reinheit her hat das Kind vollkommen recht, darüber mache ich keine Witze, ich habe anderes zu tun, und ich danke dir, mein kleiner Junge, daß du mir in deinem letzten Brief diese Weisheit in Erinnerung gerufen hast. Vergnügen ist eines der stärksten Mittel, um gegen die strudelnden Zweifel im Fluß eures Lebens anzukämpfen. Die Beziehung mag euch nicht schlüssig erscheinen, aber glaubt mir.

Deshalb habe ich in euer gutes Köfferchen vorsichtshalber auch die beiden Werkzeuge »Zerstreuung« und »Leichtsinn« gelegt, Grundsteine des Vergnügens, ohne die euer Überlebens-Set unvollständig bliebe.

Ein letztes Wort über den Sinn des Lebens, und ich überlasse euch eurer neugewonnenen Seelenruhe. Ich werfe einen Blick auf meine Mailbox, es ist nichts da, aber macht euch keine Sorgen, das wird mich nicht abhalten, mit Brio in die Endrunde zu gehen, über solche Bagatellen gleite ich mit einer Leichtigkeit hinweg, die an das Nichts grenzt. Nun hör gut zu, mein Junge, und ihr drei Cousins auch, was ich Grundsätzliches vorzutragen habe über den Sinn des Lebens, ohne das dieser Ratgeber nicht wäre, was er sein soll.

Ich haue euch jetzt also fix noch ein paar Zeilen über den Sinn des Lebens hin, das dauert nicht lange, glaubt mir, zumal ich zum Essen erwartet werde mit einigen Freunden und meiner Zwillingsschwester.

Denkt bitte nicht, daß die Häufigkeit, mit der ich meine Zwillingsschwester sehe, was Neurotisches hat, keineswegs. Und in diesem speziellen Fall spielt alles, was ich weiter oben über durch zu häufiges Anrufen und Bitten verursachte Schäden ausgeführt habe, überhaupt keine Rolle. Zwillingen schadet das alles nicht. Während einen Liebenden die kleinste Dummheit frustriert. Das Los von Zwillingen ist in Sachen Liebe also höchst beneidenswert. Sie könnten sonstwas tun, sich Ultimaten noch und noch hinschleudern, und einer wie der andere würde drauf pfeifen. Aber ach! Man kann sich nicht in seinen Zwilling verlieben, auch nicht vom anderen Geschlecht, das ist vom Gesetz streng verboten, der Natur wegen.

Daher will ich euch zum Schluß eine kleine List empfehlen, aus reiner Güte und als Belohnung für eure unveränderliche Aufmerksamkeit: Versucht, in dem großen menschlichen Spektrum, das euch geboten wird, euch zum Liebesobjekt *denjenigen oder diejenige zu erwählen, die am meisten eurem Zwilling gleicht* oder aber euer Zwilling sein könnte. *Kleine Listen, große Resultate.* Gigantische Resultate sogar, in der Stabilität wie im Chaos. Es erspart euch einen Haufen Schwierigkeiten und erleichtert die Liebe ganz entschieden, vertraut mir blind. Daß ihr deswegen aber nicht euren Anti-Druckmittel-Koffer in der Ecke stehen laßt. Ich benutze ihn sogar bei meiner Zwillingsschwester, rein des sportlichen Trainings wegen. Denn an wie vielen Abenden, wie ihr bemerken konntet, bin ich allein, in meiner kompakten Einsamkeit, und habe keine Ahnung, in welchem Café sie sitzt und mit welchen Freunden. Und das bei meiner eigenen Zwillingsschwester. Daran könnt ihr sehen, wie grundwichtig der gute Koffer für das Gleichgewicht eures Daseins ist, und das in allen Lebenslagen.

Der Sinn des Lebens, die Kirsche auf dem Kuchen seiner Geheimnisse, quält den Menschen von Anbeginn, das liegt an seiner Natur und seiner Verlassenheit im All. Ich lehre euch nichts Neues, wenn ich sage, daß die Religion (die wir in diesem Werk zum Glück vereinheitlicht haben) geradewegs aus dieser panischen Urangst herrührt, ihr seid ja nicht dumm.

Daß der Sinn des Lebens den Menschen seit dreißigtausend Jahren umtreibt, schön, das räume ich ein. Aber es kommt der Tag, wo zuviel zuviel ist und man die Alarmglocke ziehen und schreien muß: »Halt!« (Also im Ernst, erinnert mich daran, daß ich euch von den Ameisen in der Tundra erzähle, die in direkter Linie vom Sinn des Lebens abstammen, ihr würdet mir damit geradezu einen Splitter aus dem Fuß ziehen.) In dieser Frage und unter der Bedingung, daß man mich nicht drängt, werde ich auch kein Blatt vor den Mund nehmen, nein, mein Sohn, schenk mir nur noch eine Sekunde deine Aufmerksamkeit. Ich sage »mein Sohn«, denn meine Schwester hat diese Lektion über den Sinn des Lebens nicht nötig, weil sie sich in ihrem Kämmerlein ihr nietzscheanisches Instrumentarium selber fabriziert, auch mein Bruder nicht, weil sein natürliches Ungestüm ihm dafür bereits reicht, noch meine Mutter, die dank einer außerordentlichen Gnade den Sinn des Lebens kennt, uns aber nie hat verraten wollen, vielmehr hat sie es in ihrer unendlichen sokratischen Weisheit uns selbst überlassen, ihn zu entdecken – aber ich will euch nicht noch in diesem Stadium mit meinem Familienkram behelligen. Und in der kompakten Einsamkeit des Weges, den ich mit meinem ins leuchtende Joch gespannten Gaul dahintrabe, gehe ich nun geradewegs ins Ziel und verkünde euch, daß das Leben in dem Sinn, wie ihr ihn versteht, keinen Sinn hat. Das ist hart, aber ich hatte euch von Anfang an gewarnt.

Aus dieser ein bißchen schroffen Formulierung sollt ihr nun allerdings nicht schließen, daß euch das Leben egal sein kann und ihr *irgendwas* machen dürft, das würde die Grundfesten dieses so geduldig

Stück für Stück errichteten Bauwerks untergraben. Das Leben ist nicht irgendwas, ganz und gar nicht, seht euch die Regenwürmer an, wie sie wühlen und wühlen, damit die Saaten aufgehen können. Das Leben ist gebaut, gegliedert, geordnet, und seine Schränke sind tadellos aufgeräumt, bis auf ein paar Kleinigkeiten wie den Krieg (der Hirsche, der Menschen) oder die Liebe (ziemlich unordentlich), aber auf diesen beiden Angstfeldern haben wir ja nun Ordnung geschaffen und sind erleichtert, es wurde auch Zeit.

Das Leben ist also bestimmt nicht irgendwas. Nur sucht in ihm keinen Sinn, die Hoffnung töte ich im Keim, es hat keinen. Keinen Sinn jedenfalls der scheinheiligen Art, wie ihr ihn euch vorstellt in eurem durch die Lektüre von Magazinen und Artikelchen verkleisterten Kopf. Aber bleibt ruhig, ich bin da, ich kläre. Und ohne Umschweife sage ich euch, daß das Leben mit dem Moment einen Sinn erhält, da ihr es lebt. Nein, mein kleiner Sohn, deine

Mutter rettet sich nicht mit einer Platitüde darüber hinweg, daß sie zu dieser schwierigen Frage nichts zu sagen wüßte. Sie ist schwierig, ja, aber deine Mutter hat die Antwort in ihrem gut gepackten Rucksack. Eine Antwort, die ihre Wahrheit wert ist, ganz im Gegensatz zu dem albernen Dogma von *Erfolg* und *Resultat*, das von unseren Profitgesellschaften aufgestellt wird, deren Normen und Disziplin die Künstler zum Glück an der Basis unterhöhlen und untergraben. Nein, ich weiß sehr gut, mein Junge, daß solche Wertungskriterien des SINNS (darunter die glamouröse Liebe, die glänzende Leistung, das Foto in der Zeitung, das Landhaus mit Garten und so weiter und so fort) allesamt Quatsch sind. Denn der Sinn des Lebens läßt sich nicht messen wie der Wasserstand in einem Eimer, also je mehr ihr hineingießt, desto mehr Sinn habt ihr, das wäre zu einfach. Behaltet den Wassereimer gut im Kopf, und umgehen wir diese Idiotenfalle, denn der Sinn des Lebens besteht nicht in einem

Haufen großartiger Leistungen, das ist ein Irrtum. Und nicht allein daß diese Kriterien blöde sind, sie vergiften den Menschen auch, ja, mein Junge, weil das Gespenst der Hierarchie in ihnen lauert, das sich jederzeit auf seine Hinterbeine erheben und Scheiße von sich geben kann, und ich hoffe, du begreifst allmählich, daß deine Mutter hier nicht Perlen auffädelt, um das Thema zu umgehen. Denn nur zu schnell können diese Typen mit Helm auftauchen, diese Schreihälse mit ihren gefüllten Wassereimern, die sich einbilden, sie hätten den Vogel viel besser abgeschossen als die anderen, und uns ihren überragenden Sinn des Lebens mit Gewalt einbleuen wollen. Da schreie ich sofort: »Achtung!« Halt dich schön fest, mein Kind, und ihr drei Cousins auch. Diese ganzen lausigen Aufrechnungen von Erträgen, Produktionen, Palmen und Lorbeeren, die einem weismachen wollen, es gäbe Leben, die randvoll mit Sinn gefüllt sind, im Vergleich zu löcherigen und verbeulten Eimern, es gäbe Leben, die diesen Namen mehr verdienen als andere, eben volle Leben und leere Leben, die gehen mir langsam ernstlich auf den Geist, bei all meinem friedfertigen Naturell. Ich werde nicht lauter, nein, ich kontrolliere mich. Wer in seinem ganzen Leben nur zwei, drei Sachen zustande gebracht hat, wie es seiner Natur entsprach, wer ruhmlos im Schatten geschuftet hat, wie es seiner Natur entsprach, der hat genauso gelebt wie einer, der nie aufhören konnte, sich abzustrampeln, zu planen und sich zu vierteilen, wie es seiner Natur entsprach. Das könnte ich euch an einer Myriade von Beispielen belegen (und wenn ich »Myriade« sage, dürft ihr sicher sein, daß die Zahl nicht aus der Luft gegriffen ist). Darum siehst du, wie deine Mutter ohne Furcht vor Kälte noch Gefahr unseren merkantilen Gesellschaften ins Gesicht schreit, und glaubt mir, ich bin nicht scharf darauf, meine Zeit zu verplempern. Ein Leben hat einfach gelebt zu werden, das ist sein ganzer Sinn, ja, mein Junge, und glaub nicht, daß deine Mutter nicht mehr weiß, was sie sagen soll, und daß die Magie ihres Wortes am Versiegen wäre, das wäre ja noch schöner. Da müßte schon noch was ganz anderes passieren als so eine simple Befragung über den Sinn des Lebens, um mir die Sprache zu verschlagen. Deine Mutter kann es nicht oft genug wiederholen. Alles Leben hat den gleichen Wert, unter der ausdrücklichen Bedingung, daß man anderen nicht beiläufig eins überbrät, sie mithin kaltmacht, in welchem Fall so ein Leben zwar selbstverständlich auch ein Leben ist, ich verliere meinen Faden nicht, aber ein Scheißleben, dessen sich niemand rühmen sollte. Abgesehen davon, hat alles den gleichen Wert, und der Sinn wird nicht nach Dezilitern gemessen, das behaupte ich lauthals ohne Furcht vor Löwen noch Schmetterlingen.

An euren verstörten Mienen sehe ich, wie sehr euch die Vorstellung erschreckt, euer Litermaß und euren Wassereimer am Strand zurückzulassen, wo ihr an diesen schlichten Geräten doch so sehr hingt. Beruhigt euch und denkt über das folgende nach. Ihr Neffen auch, ihr seid nicht vom Zuhören befreit, soviel ich weiß, ich verlange ein bißchen Ruhe, das wird doch wohl möglich sein.

Denn in der Tat, wenn das Leben wie das Wasser im Eimer einen nennbaren, quantifizierbaren und meßbaren Sinn hätte, sähe man sehr schnell die Typen mit dem Helm aufkreuzen, und wenn ich den Nagel zweimal einschlage, so nicht, weil ich meinen Faden verloren hätte und mich blindlings an einen Balken klammerte, sondern weil man vor diesen Typen niemals genug auf der Hut sein kann. Und wer sagt euch denn, daß ihr von denen nicht auf einen Haufen geschmissen würdet mit den Demütigen, den Bescheidenen, den Titellosen, den Träumern, den Unproduktiven, den Nachzüglern, den Einfältigen, den Kontemplativen, den Einsamen? Daß man euch nicht erbarmungslos den Sinn eures Lebens absprechen würde? Wie stündet ihr da mit eurem Zahnputzglas und eurer Pipette vor diesen Großmäulern mit ihren Rieseneimern und ihren Maschinengewehren? Ich verlasse euch für eine Minute, um nur mal so nebenhin in meiner Mailbox nachzuschauen.

Nichts, keine Nachricht. Aber das soll mir meinen Humor und meinen angeborenen Spaß an der Freude nicht nehmen. Ich halte meinen Faden. Bleibt ruhig und atmet schön durch: Der Sinn des Lebens ist kein Erfolgsbeleg, der einer Generalinspektion vorzuweisen wäre, er ist nicht bezifferbar, und *das ist gut so*. Ihr könnt nach eurem fatalen Köfferchen gleich noch sämtliche Bücher, Tests, Magazine und Zertifikate in die Seine, den Nil, den Amazonas oder auch in die Zisterne von Villiers-d'Écaudart werfen, die sich anmaßen, den Sinn eures Lebens messen zu wollen, angefangen bei dem unzulässigen Vorurteil, daß eures keinen habe. Werft alles weg, und hört auf, euch darüber den Kopf zu zerbrechen, ihr werdet enorm viel Zeit gewinnen, atmet durch, euer Leben hat einen Sinn, weil ihr es lebt. Punktum. Nein, mein Sohn, deine Mutter schließt hier nicht mit einer Platitüde oder einer Pirouette, du brauchtest nur ein bißchen näher zu treten, dann würdest du sehen, daß allerhand Stoff zum Nachdenken darin steckt. Und daß ich mit dem Sinn des Lebens keinen Jokus treibe, da habe ich anderes zu tun. Und falls du glauben solltest, es wäre so leicht, flüssig über den Sinn des Lebens zu reden, nein, sogar deine Mutter hat sich unmerklich damit abgemüht, trotz ihrer außerordentlichen Fähigkeiten, und das will was heißen. Ich bin gar nicht böse, daß ich nun mit dem Ding fertig bin.

Gehen wir nicht mit diesen etwas schwermütigen metaphysischen Worten auseinander. Vielmehr sollten wir uns im Gleitflug über unser Opus erheben und schauen, ob wir es auch vollständig und rundum geschliffen finden, die ausbleibende Nachricht soll mich in keiner Weise hindern, meinen Gleitflug mit der Unbekümmertheit, Kraft und Leichtigkeit eines Falken zu vollführen, wobei ich einen letzten scharfen Blick auf mein Gerüst werfe, aber von hoch oben.

So kreise ich denn auf besagte Weise, ohne Schwanken noch Wanken über diesem meisterlich errichteten Gebäude und finde, daß nichts, aber auch gar nichts daran fehlt, auch sehe ich kein Rätsel mehr, gefühlsmäßig, philosophisch, kriegerisch, religiös, künstlerisch oder metaphysisch, das euch künftig zusetzen könnte, wenn nicht dasjenige meiner Mailbox, das in der Schwebe bleibt, einverstanden, aber ich sehe mich nicht verpflichtet, euch mein Leben und meine Familiennöte zu erzählen. Hervorragend, das Ganze, aber es wurde auch höchste Zeit, diese Lebensrätsel ein für allemal zu lösen und den Stier bei den Hörnern zu packen. Das ist nun vollbracht, von universeller Bedeutung ist es überdies, und ihr wißt ja nun auch: Was getan ist, ist getan. So weit das Auge reicht, hat sich alles gelichtet und das Menschenwesen seinen Frieden gefunden, das ist ein herzerfrischender Anblick, der die Mühe gelohnt hat, sich acht Tage ans Bein zu binden.

Hier trennen sich unsere Wege, gleich werde ich mit meiner Zwillingsschwester ein bißchen was essen gehen und mich entspannen, dann geht es ab nach der schlammigen Gemeinde, wo über Weidegründen jener stolze kleine Glockenturm ragt, der mir erlaubte, euch diesen kostbaren kleinen Ratgeber in die Tasche zu schieben. Gehet hin in Frieden, und ich auch, denn während ich unter meiner hochauf gebuckelten Last der tausendundein Köfferchen, welche die Rätsel des Lebens sind, mit euch geplaudert und den Horizont rings um und um gewühlt habe, habe ich nach dem gesunden Prinzip Zerstreuung ein paar kleine persönliche Sorgen hinter mir gelassen, die jetzt nur mehr Spreu in der aufgehenden Sonne sind, glaubt mir. Was die Gültigkeit des Wahlspruchs beweist, den ich euch abermals ans Herz legen will: »Lernt reden, ohne aufzuhören«, außer um euch gelegentlich Gedanken über Arbeitsgäule, Regenwürmer, Pinsel, Koffer, Hummer, Chaos, Wassereimer, Kummets und Typen mit Helm zu machen. Aber hübsch ohne zu drängeln, auch du nicht, mein Sohn.

Das Phänomen
FRED VARGAS

1994 erscheint in Frankreich ihr erster Roman. Sie nennt ihn rom.pol – von »roman policier«. Jahrelang bleibt die junge Autorin ein Geheimtip. Fred Vargas, geboren 1957, arbeitet als Archäologin in einem Forschungsinstitut und lebt mit ihrem Sohn im Pariser Stadtteil Montparnasse.
Sie schreibt fast ausschließlich in den Ferien. Für ihre Krimis hat sie das seit der Kindheit vertraute Diminutiv Fred (für Frédérique) gewählt.

Im Mai 2006 bringt ihre Verlegerin Viviane Hamy ihren neunten Roman heraus. Längst schon ist Fred Vargas »la reine du polar«, die Königin des französischen Kriminalromans, Bestsellerautorin in Europa, übersetzt in 30 Sprachen, gekrönt mit bedeutenden nationalen und internationalen Literaturpreisen. Für »Fliehe weit und schnell« erhält sie den Deutschen Krimipreis 2004. »Der vierzehnte Stein« wird von der Jury der KrimiWelt zu einem der drei besten Krimis des Jahres 2005 gekürt.

Ihre Bücher haben alles, was einen guten Kriminalroman auszeichnet: einen hoch spannenden Plot, die angemessene Zahl von Toten, einen schwer zu findenden Mörder.
Aber darüber hinaus haben sie etwas für das Genre Einzigartiges: unerschöpfliche literarische Phantasie, reine Poesie, einen teuflischen Humor und wundervoll schräge Dialoge.

»Es gibt eine Magie Vargas.« Le Monde

»Ich neige eher dazu, den verderblichen Wirkungen des Erfolgs aus dem Weg zu gehen. Das einzig Wichtige für mich ist, daß ich danach aufs neue zu schreiben versuche, so gut ich schreiben kann.«

Das Universum der FRED VARGAS

Kein Vargas-Roman ohne das charakteristische Personenensemble – die einzigartig schrägen Charaktere der Autorin sind schon fast legendär. Die wichtigsten Figuren des Vargas-Kosmos hier kurz vorgestellt:

Kommissar Jean-Baptiste Adamsberg

Unter den Kommissaren dieser Welt ist Adamsberg wohl die seltenste Erscheinung. In seinem Wesen ein Wald- und Gebirgsmensch geblieben, aufgewachsen in den Pyrenäen, kommt er nach Paris (*»Es geht noch ein Zug von der Gare du Nord«*), wo ihm der Ruf vorausgeht, eine Reihe komplizierter Fälle auf ziemlich unerwartete Weise gelöst zu haben. Schweiger, Träumer, Einzelgänger, vertraut er sciner Intuition mehr als der Logik und hat es damit inzwischen zum Chef der Mordbrigade des 13. Pariser Arrondissements gebracht – bewundert, aber nicht nur geliebt. Denn seine Genialität hat auch etwas Selbstherrliches, Hochmütiges, das ohne den Beitrag seiner Mitarbeiter auszukommen meint.

Ein dramatisches Erlebnis im »*Vierzehnten Stein*« kuriert ihn von seinem eigenen Mythos.

Adamsberg hat ein schönes, zerklüftetes Gesicht und eine Stimme, die sich wie Balsam um sein Gegenüber zu winden vermag. »Für diesen Kommissar«, schreibt eine Rezensentin von ELLE, »würde man schon gern mal eine kleine Gaunerei begehen, nur um von ihm die Handschellen angelegt zu bekommen.« Auf sein Äußeres jedoch legt er nicht den geringsten Wert: sein zerknautschtes, meist noch regennasses Jackett ist legendär.

Er begehrt die Frauen, viele Frauen, und verletzt damit immer wieder die einzige, die er wirklich liebt, Camille.

Adrien Danglard

Adamsbergs engster Mitarbeiter ist sein vollendeter Gegenpol (*»Es geht noch ein Zug von der Gare du Nord«* und alle späteren Romane). Der Capitaine ist durch und durch Rationalist, ja auf liebenswerte Weise pedantisch. Mit scharfem Verstand und sagenhaftem Wissen ausgestattet, gebraucht er das Instrument der Logik wie Adamsberg das der Intuition – Anlaß für so manch amüsanten Schlagabtausch. Kein historisches, geographisches, inguistisches oder literarisches Detail, das ihm fremd wäre, Danglard ist wandelndes Lexikon und Born von Zitaten. Seine Passion: Reliquienbücher aus dem 17. Jahrhundert. Sein Laster: Weißwein oder Wacholderschnaps zur Beflügelung der detektivischen Inspiration. Mit all diesen Charakterstärken ist er Adamsbergs Retter in so mancher heiklen Situation.
Von der Natur wenig begünstigt, schwabbelig und mit Bauch, versucht er sich

durch makellose Eleganz ein wenig englischen Charme zu verleihen. Mit den Frauen hatte er jedoch nie Glück, weshalb er zum sehr einfallsreichen alleinerziehenden Vater von fünf Kindern wurde. Und zärtlich beschützt er Camille, wann immer ihr Leben einen neuerlichen Zusammenbruch erleidet.

Camille

Musikerin, Tochter der Meereskundlerin Mathilde Forestier. Hübsch, zart, fast immer in Stiefeln, selbst bei großer Hitze in den provenzalischen Alpen (*»Bei Einbruch der Nacht«*). Zu ihrem Vergnügen spielt sie Bratsche: Bach und Vivaldi. Zu ihrem Broterwerb komponiert sie die Soundtracks von Fernsehserien, klempnert gelegentlich und entspannt sich bei der Lektüre von Werkzeugkatalogen. Sie liebt Adamsberg und kann dennoch nicht mit ihm leben. Zu oft hat er sie verletzt, und in solchen schlimmen Augenblicken schnürt sie auf der Stelle ihre Stiefel, packt den Synthesizer ein, schließt die Werkzeugtasche und verschwindet, ohne eine Spur zu hinterlassen. Nach Lille, nach Lissabon oder nach Montreal. Unerreichbar für Adamsberg – es sei denn, Danglard, ihr Vertrauter, der sie still verehrt, gibt dem Kommissar eines Tages ihre Adresse (*»Fliehe weit und schnell«*).

Die drei »Evangelisten« oder die drei »Historiker«

Drei wissenschaftlich tätige, aber arbeitslose Jungakademiker, die gemeinsam ein baufälliges Haus im Pariser Faubourg Saint-Jacques gemietet und instand gesetzt haben. Mathias, der Prähistoriker und Spurenleser, ist ein Hüne mit nackten Füßen in Ledersandalen, sommers wie winters, und ein großer Schweiger; er wohnt ganz unten. Über ihm wohnt Marc, der Mann fürs Mittelalter, elegant, grazil,

feinfühlig, leicht aufbrausend und ein begabter Zeichner. Im dritten Stock Lucien, Zeitgeschichtler mit Krawatte, Spezialist für den ersten Weltkrieg; er interpretiert die Welt häufig aus der Perspektive eines Schützengrabens.
Matthäus, Markus, Lukas ... Der Zufall macht die drei »Evangelisten« zu Kriminalisten: erstmals in *»Die schöne Diva von Saint-Jacques«*, danach in *»Der untröstliche Witwer von Montparnasse«*. Auch in späteren Romanen tauchen sie auf, wo sie mit ihren besonderen Begabungen und Eignungen Entscheidendes zur Aufklärung eines Falles beitragen.
Als Entwurf finden sich die drei Historiker bereits in den drei exzentrischen französischen Studenten des Romans *»Im Schatten des Palazzo Farnese«*, Vargas' erstem Krimi von 1994.

Louis Kehlweiler

Auch »Ludwig« genannt, Ex-Inspektor des Pariser Innenministeriums, bewegt sich etwas außerhalb der Legalität, weil er mit nicht mehr gültigen Visitenkarten noch immer heimlich recherchiert. Zum Glück – denn sein geradezu visionärer Starrsinn und sein fabelhaftes Langzeitgedächtnis gehen so manchem aussichtslos erscheinenden Fall auf den Grund. Ludwig ist grandios in *»Das Orakel von Port-Nicolas«* und *»Der untröstliche Witwer von Montparnasse«*. Nicht zu verwechseln mit Adamsberg, mit dem er gleichwohl einige Berührungspunkte hat: Was Adamsberg der Ur-Fisch in einem kanadischen See, bedeutet Kehlweiler die Kröte Bufo im Handschuhfach seines Wagens.

Waltraud Schwarze

Rendezvous mit FRED VARGAS

Die Autorin im Gespräch

Fred Vargas, Sie arbeiten als Archäologin in der Forschung. Wie kam es dazu, daß Sie eines Tages beschlossen haben, einen zweiten Beruf zu ergreifen – das Schreiben?

FV: Das trifft es genau: »Eines Tages habe ich beschlossen ...« Schreiben ist keine Vorstellung, die ich schon als Kind gehabt hätte. Ich war 28 Jahre alt, ich arbeitete auf Ausgrabungsstätten, und eines Abends habe ich »beschlossen«, einen Kriminalroman zu schreiben. Warum? Weil mir klar geworden war, daß ich es mit meinem Akkordeon doch nicht weit bringen würde. Dennoch wollte ich mir unbedingt, und das schon seit meinem Studium, ein Hintertürchen aus der Archäologie offenhalten, die ja ein sehr spezialisierter, sehr ernster, ja oft sogar ziemlich nüchterner

Beruf ist. Ich wußte nicht, ob mir das mit den Büchern besser gelingen würde als mit der Musik, aber ich beschloß, es zu versuchen.

In einer ihrer ersten Kritiken sprach »Le Monde« von einer »Magie Vargas«. In der Tat sind Ihre Krimis eine ganz eigene Welt, in der sehr viel mehr steckt als das bloße Interesse am »Whodunit«. Wie sind Sie auf diese Personen gekommen, die »außerhalb der Norm« leben und die Ihre Leser so lieben?

FV: Da stellen Sie mir eine schwierige Frage, denn ich kontrolliere diese Figuren ja kaum. Ich meine, ich habe nicht geplant, daß sie »außerhalb der Norm« und daß ihre Welt »außergewöhnlich« sein würden, wie ich jetzt überall lese. Das erstaunt mich, denn diese Welt und ihre Personen sind für mich vollkommen natürlich. Sicher, ich verforme die Wirklichkeit bewußt ein bißchen, oder auch sehr, um

mich in einer Welt wiederzufinden, in der ich mich wohl fühle. Aber als ich diese Welt nach und nach erfand und diese Menschen, bei denen ich mich wohl fühle, ahnte ich nicht, daß sie von der Kritik schließlich als »besonders«, als eigentümlich beurteilt werden würden. Ich selbst, und ich halte das für normal, finde sie nicht außergewöhnlicher oder magischer als ein Kleidungsstück, in dem ich mich wohl fühle.
Bei einigen wenigen Figuren allerdings, zum Beispiel Adamsberg, waren mir wirkliche Personen Vorbilder in ihrem Verhalten, ihrem Denken, einer Art, sich zu geben, die ich selbst nicht so gut kenne. Alle anderen habe ich erfunden.

Warum wählen Sie die Form des Kriminalromans, der ja eine ganz bestimmte Mechanik zu respektieren hat? Ihre Romane, Ihre Figuren sind dagegen sehr weit von dieser Mechanik, diesem Klischee entfernt.

FV: Man sieht es vielleicht nicht, aber ich respektiere dieses sogenannte Klischee des Kriminalromans durchaus!
Für mich ist die »Mechanik« kein Makel, keine Schande, sondern ganz im Gegenteil ein sehr interessantes System, das etwas mit Mythen und Fabeln zu tun hat. Zum Beispiel kommt es überhaupt nicht in Frage, daß man dem Leser keine Lösung, also symbolische Erleichterung (eine Art Katharsis) bietet! Nein, ich trickse keineswegs mit dem Krimi-Code, ich halte ihn sogar für sehr wichtig. Das Problem ist nur: Wie geht man mit der »Mechanik« um, damit sie da ist, aber das Buch nicht kaputtmacht, indem ihre Technik allzu sichtbar bleibt? Man muß den Code verschleiern, darf ihn aber nicht zerstören. Und dafür gibt es nur eine Möglichkeit: an allem zu arbeiten, was den Kriminalroman wie jeden anderen Roman ausmacht: das Leben, die Wörter, ihre Musik. Wenn Sie das wegnehmen, dann, ja dann sieht man nur noch die Knochen, die »Mechanik«.

Einen Krimi zu schreiben bedeutet, ebensoviel Aufmerksamkeit auf die Wörter zu verwenden wie bei jedem anderen literarischen Genre. Mehr noch vielleicht, eben wegen des »Codes«, den man gleichzeitig beachten und verbergen muß.

Neun Romane, mehrere Literaturpreise, Übersetzungen ins Ausland, der jüngste Roman ein Bestseller in Frankreich – wie verdaut die Schriftstellerin Vargas, die auf der literarischen Bühne so zurückhaltend auftritt, den wachsenden Erfolg?

FV: Genau, wie Sie sagen: Ich »verdaue« ihn, und dann vergesse ich. So schnell wie möglich. Ich kaufe nicht mal die Zeitungen, um zu erfahren, auf welchem Platz mein Buch diese Woche rangiert. Nein. Das einzig Wichtige an dieser Sache mit den Büchern ist für mich, daß ich danach wieder an meinen Arbeitstisch zurückkehre und aufs neue zu schreiben versuche, so gut ich schreiben kann, bescheiden und ganz normal, als wenn es jedesmal das erste Buch wäre. Denn sobald Sie an diese Geschichten mit dem Erfolg glauben, sobald Sie sich »da oben« einrichten und für jemand »Bedeutendes« halten, können Sie die Hoffnung aufgeben, gute Arbeit zu machen. Es ist schön, wenn die Leser meine Bücher lieben, das hilft mir zweifellos sehr. Aber der Erfolg ändert daran nicht das Geringste, weder an mir selbst noch an den Büchern, die ich zu schreiben versuche. Im übrigen neige ich eher dazu, den oberflächlichen und verderblichen Wirkungen des Erfolgs aus dem Weg zu gehen, das heißt, ich meide die Medien.

Arbeiten ist mir viel lieber, ehrlich. Ich glaube auch nicht, daß irgend jemand bedeutender ist als jemand anderes, nein, wirklich, und schon gar nicht meine Person.

—

Ein Werwolf, der in »Bei Einbruch der Nacht« mordend durch die Dörfer zieht, die

Pest, die in »Fliehe weit und schnell« ganz Paris in Angst und Schrecken versetzt – interessiert Sie das Motiv der kollektiven Psychose im Besonderen?

FV: Nein, mich persönlich nicht, aber ich glaube, daß es den Kriminalroman interessiert. Ich denke, daß das, was man »kollektive Psychosen« nennt, wie der Wolf, die Pest, in der kollektiven Vorstellungswelt verankerte Themen sind, weil sie an Urängste rühren, die uns allen gemein sind. Und da der Kriminalroman, wie in ähnlicher Weise auch die Mythen, der Ort ist, an dem ein »Problem«, eine beängstigende Frage aufgeworfen (und gelöst) wird, wähle ich gern ein Sujet von so allgemeiner Bedeutung, fast ein Klischee, nicht zu konkret, nicht zu abstrakt, irgendwo dazwischen. Der Werwolf, die Pest, das sind schon Sujets von fast symbolischem Wert.

Darum habe ich in »Fliehe weit und schnell« auch gar nicht sehr auf dem biologischen Aspekt der Pest beharrt.

Interessant ist vielmehr die Vorstellung von der Pest, wie die Vorstellung vom Werwolf. Die Vorstellung, die man sich von ihnen macht.

In Ihrem jüngsten Roman »Fliehe weit und schnell« erweisen Sie sich als ausgezeichnete Historikerin.

FV: »Ausgezeichnet« haben Sie gesagt. Ich glaube einfach, daß man die Geschichte darin erkennt, ja. Ich kann nicht umhin, etwas Geschichte in die Geschichte einfließen zu lassen. Ohne Vergangenheit hinter uns stehen wir nicht besonders fest auf unseren Beinen. Aber ich möchte auch nicht zuviel davon hineintun. Ein Roman ist ganz sicher nicht der Ort für eine Geschichtslektion.

Fast alle Ihre Figuren leben mit Brüchen und einer gescheiterten Liebe. Gibt es etwas, das Sie ihnen gern erspart hätten?

FV: Ich habe diese Sache mit meinen Figuren, die überall als »Loser« beschrieben werden, nie begriffen. Ich versuche überhaupt nicht, ihnen weh zu tun. Die Kritik hält sie für Loser, weil sie keine richtig guten Jobs und keine ordentliche Familie haben. Aber wie die Helden in den Märchen auch, sind sie fiktive Personen in einem fiktiven Leben. Man kann schließlich auch Odysseus oder Lancelot nicht fragen, was sie für einen Job haben, oder von ihnen erwarten, daß sie was fürs Abendessen mit nach Hause bringen. Nein, das wäre unmöglich!
Und eben darum, weil diese Personen vorübergehend, in unterschiedlichem Maße natürlich, eine »heroische Mission« zu erfüllen haben (nämlich die Angst zu lösen, die im Zentrum der Geschichte steht), sind sie nicht ganz so wie wir. Man kann ihr Leben nicht mit dem wirklichen Leben vergleichen. Ja, für die Dauer des Romans hat es schon etwas Verrücktes.

Sie lieben das Akkordeon leidenschaftlich. Welches sind Ihre bevorzugten Interpreten, und wie sieht Ihr Repertoire aus?

FV: Ich kenne nicht wirklich die Namen von Interpreten. Was ich am Akkordeon mag: Es ist die Musik der Straße, des »draußen«, auch der Bälle, der Dorffeste (die sich ja ebenfalls draußen abspielen), es ist die Musik aller, das »Hosenträgerklavier«, wie man in Frankreich sagt – so wie auch der Kriminalroman die »Literatur von draußen« ist und die Literatur aller, aber das würde hier zu weit führen und war nicht Ihre Frage, pardon. Aber ich mag jede Art von Musik: Gesang, Rockbands, Rap, Rai usw., auch klassische Musik. Da ich es niemals geschafft habe, ein Instrument wirklich zu spielen, habe ich die Wörter genommen, um mit ihnen Musik zu machen.

Aus einem Gespräch mit Katja Ernst

Die fabelhafte Welt der FRED VARGAS

Ein Porträt

Fragen Sie sie nicht, wie sie wirklich heißt, sie wird es Ihnen nicht verraten. Fragen Sie sie auch nicht nach dem Namen des Forschungsinstituts, für das sie arbeitet, sie würde Ihnen keine Antwort geben. Und wenn Sie ihr vorschlagen, sich in einem Café zu treffen, wundern Sie sich nicht, wenn sie zunächst ablehnt, weil an solchen Orten immer jemand sei, der die Ohren spitzt und lauscht. Aber deswegen ist die Krimiautorin Fred Vargas noch lange nicht paranoid. Sie ist einfach diskret und nicht bereit, ihr Leben als Autorin mit dem der Wissenschaftlerin zu vermengen.
»Ich möchte nicht, daß das eine das andere beeinflußt, und umgekehrt. Ich möchte nicht, daß jemand glaubt, ich würde einen der beiden Bereiche vorziehen, oder sogar

daß ich mich des einen nur bediente, um im anderen aufzugehen.«

Frédérique, von klein auf Fred genannt, lebt also in zwei Welten. Die eine besteht aus fiktiven Figuren und Spannung, die andere ist der archäologischen Forschung gewidmet. Ein Doppelleben, gewissermaßen, das gut zu dieser jungen Frau paßt, die lieber Jeans und Turnschuhe trägt als Röcke und Pumps. »Konventionen interessieren mich nicht.
Ich glaube, das sieht man auch meinen Krimis an: Ich möchte, daß die Menschen darin keiner Norm entsprechen, denn jeder ist auf seine Weise außergewöhnlich. Wenn ich schreibe, dann bin ich wie eine Fledermaus, ich lote alles aus, um Allgemeinplätze zu vermeiden, aber ich komme voran. Schließlich gehe ich meinen Weg, wie ich es verstehe, so weit wie möglich von der Karikatur entfernt.«

Und gar nicht banal ist auch der Beruf, den sie ausübt: »Ich studiere die Skelette von Tieren früherer Jahrhunderte, um etwas über die Geschichte des Menschen zu erfahren. Vor Jahren noch bin ich selber viel draußen gewesen; heute arbeite ich mit Archivmaterial, dem Ertrag von Ausgrabungen. Ich suche, ich untersuche, ich vergleiche, ich leite ab und finde so Spuren des menschlichen Lebens in hier und da aufgelesenen Knochen. Über Generationen verschüttete Beweise. Und all diese Dinge sind für eine genaue Analyse der Vergangenheit unentbehrlich.«

So unentbehrlich, wie für sie ihre um zehn Minuten ältere Zwillingsschwester, die Malerin Jo, ist. »Ich kann mir nicht vorstellen, weit von ihr entfernt zu wohnen«, »sie muß alle meine Manuskripte lesen, ihre Anmerkungen sind unentbehrlich für mich«. Genauer:
»Ich beherzige ihre Vorschläge, so wie sie meine beherzigt, wenn sie malt.« Und

plötzlich erzählt die geheimnisvolle Fred Vargas ganz unbeschwert von sich und Jo. »Als wir klein waren, spielten wir Schreiben oder Malen. Wir nahmen ein Blatt Papier und zogen in der Mitte einen senkrechten schwarzen Strich, um es in zwei Flächen zu unterteilen. Dann stellten wir uns ein Thema. Seite an Seite ließen wir dann unseren Stiften freien Lauf. Ich zeichnete ganz gut, aber das, was Jo malte, war immer besser.

So haben wir die Welt untereinander aufgeteilt. Wir haben als Kinder gelernt, die andere sich in dem entfalten zu lassen, was sie am besten konnte.« Freds verschmitzte Augen funkeln, Erinnerungen kommen hoch. »Deswegen habe ich heute keinen Orientierungssinn. Weil meine Schwester auf dem Gebiet begabter war.

Als wir Kinder waren, entschied sie immer, ob es besser sei, rechts oder links abzubiegen. Diese Entscheidungen überließ ich ihr, andere traf ich.«

So bildete sich Freds Weg parallel zu dem ihrer Schwester heraus. Und sicher auch beeinflußt vom familiären Umfeld. Die Mutter war Naturwissenschaftlerin. Der Vater, Kaufmann zum Zwecke des Broterwerbs, liebte Literatur und Malerei und hatte ein Faible für die Surrealisten. »Abends spät saß Papa an seinem Tisch und schrieb. Ich dachte, alle Väter würden schreiben.

Vielleicht kommt daher meine Liebe zum Schreiben, aber mit Sicherheit kann ich das nicht sagen. Auch nicht, ob ich Archäologin geworden bin, weil Mama Naturwissenschaftlerin war. Sicher ist jedoch, daß meine Schwester der Grund dafür ist, daß ich das Pseudonym Fred Vargas gewählt habe. Lange bevor ich Krimis veröffentlicht habe, signierte sie mit diesem Namen ihre Bilder. Vargas, so heißt Ava Gardner in »Die barfüßige Gräfin«. Wir haben immer einen wahren Kult um diese Schauspielerin gemacht. So heiße ich weiterhin wie meine

Schwester. Oder können Sie sich uns mit zwei verschiedenen Namen vorstellen?«

Aus »Femme actuelle«, Paris 2003